新编学生国学丛书

王安石文

褚东郊 选注
万婵 校订

中国文史出版社

图书在版编目（CIP）数据

王安石文/褚东郊选注；万婵校订.——北京：中国文史出版社，2019.11

（新编学生国学丛书/缪天绶等主编）

ISBN 978-7-5205-1815-4

Ⅰ.①王… Ⅱ.①褚… ②万… Ⅲ.①古典散文－散文集－中国－北宋 Ⅳ.①I264.41

中国版本图书馆CIP数据核字(2019)第278208号

责任编辑：金 硕

出版发行：**中国文史出版社**

社　　址：北京市海淀区西八里庄路69号院　　邮　　编：100142

电　　话：010–81136606　81136602　81136603　81136605（发行部）

传　　真：010–81136655

印　　厂：北京温林源印刷有限公司

经　　销：全国新华书店

开　　本：880mm×1230mm　1/32

印　　张：7.5

字　　数：158千字

版　　次：2020年2月北京第1版

印　　次：2020年2月第1次印刷

定　　价：32.60元

总　　序

冯天瑜

作为汉字古典词，“国学”本谓周朝设于王城及诸侯国都的贵族学校，以与地方性、基层性的“乡校”“私学”相对应。隋唐以降实行科举制，朝廷设“国子监”，又称“国子学”，简称“国学”，有朝廷主持的国家学术之意。

时至近代，随着西学东渐的展开，与来自西洋的“西学”相比配，在汉字文化圈又有特指本国固有学术文化的“国学”一名出现。如江户幕府时期（1601—1867）的日本人，自18世纪起，把流行的学问归为三类：汉学（从中国传入）、兰学（从欧美传入，19世纪扩称洋学）、国学（从《古事记》《日本书纪》发展而来的日本固有学术）。19世纪末、20世纪初，中国留日学生与入日政治流亡者，以及活动于上海等地的学人，采借日本已经沿用百余年的“国学”一名，用指中国固有的学术文化。1902年梁启超（1873—1929）撰文，以“国学”与“外学”对应，强调二者的互动共济，梁氏曰：“今日欲使外学之真精神普及于祖国，则当转输之任者，必邃于国学，然后能收其效。”（《论中国学术思想变迁之大势》）1905年国粹派在上海创办《国粹学报》，公示“发明国学，保存国粹”宗旨。这里的“国学”意为“国粹之学”。该刊发表章太炎（1869—1936）、刘师培（1884—1920）、陈去病（1874—1933）等人的经学、史学、诸子学、文字训诂方面文章，以资激励汉人的民族精神与文化自信。从此，中国人开始在“中国固有学术文化”意义上使用“国学”一词，为“国故之学”的简称。所谓“国故”，指中国传统的学术文化之故实，此前清人多有用例，如魏源（1794—1857）认为，学者不应迷恋词章，学问要从“讨朝章、讨国故始”（《圣武记》卷一一），这“讨国故”的学问，也就是后来所谓之国学。

经清末民初诸学者（章太炎、梁启超、罗振玉、王国维、刘师培、黄侃、陈寅恪等）阐发和研究，国学所涉领域大定为：小学、经学、史学、诸子、文学，约与现代人文学的文、史、哲相当而又加以综汇，突现了中国固有学术整体性特征，可与现代学校的分科教学相得益彰、彼此促进，故自 20 世纪初叶以来，“国学”在中国于起伏跌宕间运行百年，多以偏师出现，而时下又恰逢勃兴之际。

中国学术素有“文、史、哲不分家”的传统，中国学术的优势与缺陷皆与此传统相关。百年来的中国学校教育仿效近代西方学术体制，高度分科化，利弊互见。其利是促进分科之学的发展，其弊是强为分割知识。为克服破碎大道之弊，有人主张打通文、史、哲壁垒，于是便有综汇中国人文学的“国学”之创设，并编纂教材，进于学校教育、家庭教育、社会教育，其先导性教材结集，为 20 世纪 20 年代至 30 年代原商务印书馆由王云五策划并担任主编的《万有文库》之子系《学生国学文库》。所收均为四部重要著作。略举大凡：经部如诗、礼、春秋，史部如史、汉、五代，子部如庄、孟、荀、韩，并皆刊入；文辞则上溯汉、魏，下迄近代，诗歌则陶、谢、李、杜，均有单本，词则多采五代、两宋。丛书凡 60 册，已然囊括了“国学”之精粹。其鲜明之特色是选注者掺入了对原著的体味，经史诸书选辑各篇，以表见其书、其作家之思想精神、文学技术、历史脉络者为准。其无关宏旨者，概从删削、剔抉。选注者中不乏叶圣陶、茅盾、邹韬奋、傅东华这样的学界翘楚。他们对传统国学了然于胸，于选注自然是举重若轻，驾轻就熟。这样一份业经选注者消化、反刍的国学精神食粮自然更便于国学入门者吸收。

这样一套曾在20世纪初在传播传统文化、普及国学知识方面起到重要的作用的丛书即便今天来看也是历久弥新。中国文史出版社因应时势，邀约深谙国学之行家里手于原辑适当删减、合并、校勘，以30册300余万言，易名《新编学生国学丛书》呈献当今学子。诸书均分段落，作标点，繁难字加注音，以便省览。诸书原均有注释，古籍异释纷如，原已采其较长者，现做适当取舍、增删。诸书较为繁难、多音多义之字，均注现代汉语拼音，以便讽颂。诸书卷首，均有选注者序，述作者生平、本书概要、参考书举要等，凡所以示读者研究门径者，不厌其详，现一仍其旧。

这样一套入门的国学读物，读者苟能熟读而较之，冥默而求之，国学之精要自然神会。

是为序。

校订说明

丛书原名《学生国学文库》，为 20 世纪二三十年代商务印书馆王云五主编《万有文库》之子系，现易名《新编学生国学丛书》，奉献给广大国学爱好者。

原丛书共 60 种，考虑到难易程度、四部平衡、篇幅等因素，在广泛征求专家意见基础上，现删减为 34 种 30 册。

基本保留了原书的篇章结构。因应时势有极少量的删节。

原文部分，均选用通用、权威版本全文校核，参以校订者己见做了必要的校核和改订。为阅读的通顺、便利，未一一标注版本出处。

注释根据原文的结构分别采用段后注、文后注，以便读者省览。原注作了适当增删，基本上保持原文字风格，之乎者也等虚词适当剔除，增删力求通畅、易懂，避免枝蔓。典实、注引做了力所能及的查证，但因才学的有限疏漏可能在所难免。

原书为繁体竖排，现转简体横排。简化按通行规则，但考虑到作为国学读物，普及小学知识亦在情理之中，故而保留了少量通假字、繁体字、异体字，一般都出注说明。或许亦可增加读者的阅读兴趣和扩大知识面。

生僻、多音字作相应注音，原反切、同音、魏妥玛注音，均统一改现代汉语拼音。

国学读物校订，工作浩繁，往往顾此失彼，多有不当处，还望读者指正。

绪　言

宋太祖鉴于唐代藩镇之跋扈，置转运使以掌地方之军需粮饷，又命文人以通判府州军事，凡可以集权中央者无不用其极。结果，藩镇之祸除，而国势日弱，外患不能御。真宗时之辽，仁宗时之西夏，迭扰边疆，岁糜巨帑。当是时朝廷上下，议战议和，图目前一时之苟安者有之，能具远大之见识，用精密之考察，通盘筹画，以谋国是者，王安石一人而已。惜当时在朝贤俊，墨守旧法，拘于成见，不肯和衷共济，对于安石所倡行之新法，抨击甚力。独木支大厦，识者早已知其难矣。是岂安石之不幸，抑亦宋朝之不幸也。本编所选注之安石散文八十五篇，不仅文学上之造诣足以上追韩、柳，即其卓绝之政见、特殊之个性，亦皆隐括无遗。今撮其平生事迹与新法之大略，缀而序之，以为读本编者之一助。

王安石之生平事迹

王安石，字介甫，抚州临川人。少好读书，一过目终身不忘，其属文动笔如飞，初若不经意，既成，见者皆服其精妙。与南丰曾子固巩相友善。子固携其文示欧阳修。修为之延誉，擢进士上第，签书淮南判官。旧制，秩满许献文求试馆职，安石独否。调知鄞县。安石在鄞，起堤堰，决陂塘，为水陆之利；又贷谷与民，约期立息以偿，俾新陈相易。邑人便之。既而通判舒州。文彦博为相，荐安石恬退，乞不次进用，以激奔竞之风。寻召试馆职，不就。欧阳修荐为谏官，以祖母年高辞。修以其须禄养，言于朝，为群牧判官，请知常州，移提点江东刑狱，入为度支判官，俄直集贤院，时仁宗嘉祐三年也。安石既入朝，鉴于财用之匮乏，边疆之败坏，官治之因循，人才之缺少，即有变法之意，上书言事，洋洋万言，传诵一时。其后安石当国，所施行者，大抵皆祖此书。

先是馆阁之命屡下，安石屡辞。士大夫谓其无意于世，恨不识其面。朝廷每欲俾以美官，患其不就。四年，命同修起居注，安石辞之累日。吏随而拜之则避于厕。吏置敕于案而去，又追还之。上章至八九，乃受。遂知制诰，纠察在京刑狱。后以母忧去官。终英宗之世，不起。

安石与韩绛、韩维兄弟及吕公著三人相友善。神宗在藩邸时，维为记室。每讲说见称，维辄曰："此非维之说，维友王安石之说也。"及为太子庶子，又荐以自代。神宗由是想见其人。甫即位，即命安石知江宁府。数月，召为翰林学士兼侍讲。熙宁二年二月，拜安石为参知政事。于是设三司条例司，兴农田水利，行青苗、均输、保甲、市易、保马、方田诸法，遣提举官四十余辈颁行天下。朝臣多反对之。七年春，罢安石为观文殿大学士知江宁府。八年复拜为相，九年复罢。哲宗元祐元年卒，年六十八。

王安石之政治计画

中国帝王为保持一家之王位计，多重文轻武，以弱人民。浸至外祸日逼，无法抵御。而以有宋一代为尤甚。宋于开国之初，燕云十六州之地，即未完全收入版图。再传至真宗，即有契丹入寇，澶州之盟。仁宗之时，西夏强盛，连年扰边。安石生当其时，目击心伤，思有以挽救之。于《上仁宗皇帝言事书》中，力言武事之不可偏废。其言曰：

先王之时，士之所学者，文武之道也。士之才，有可以为公卿大夫，有可以为士。其才之大小、宜不宜则有矣。至于武事，则随其才之大小，未有不学者也。故其大者，居则为六官之卿，出则为六军之将也。其次则比、闾、族、党之师，亦皆卒、伍、师、旅之帅也。故边疆、宿卫，皆得士大夫为之，而小人不得奸其任。今之学者，以为文武异事，吾知治文事而已，至于边疆、宿卫之任，则推而属之于卒伍。往往天下奸悍无赖之人，苟其才行足自托于乡里者，亦未有肯去亲戚而从召募者也。边疆、宿卫，此乃天下之重任，而人主之所当慎重者也。故古者教士，以射、御为急，其他技能，则视其人才之所宜而后教之。其才之所不能，则不强也。至于射，则为男子之事。人之生，有疾则已；苟无疾，未有去射而不学者也。有庠序之间，固当从事于射也。有宾客之事则以射；有祭祀之事则以射。别士之行同、能偶则以射。于礼乐之事，未尝不寓以射，而射亦未尝不在于礼乐、祭祀之间也。《易》曰："弧矢之利，以威天下。"先王岂以射为可以习揖让之仪而已乎？固以为射者，武事之尤大，而威天下、守国家之具也。居则以是习礼乐，出则以是从战伐。士既朝夕从事于此，而能者众，则边疆、宿卫之任，皆可以择而取也。夫士尝学先王之道，其行义尝见推于乡党矣，然后因其才而托之以边疆、宿卫之事，此古之人君所以推干戈以属之人，而无内外之虞也。今乃以夫天下之重任，人主所当至慎之选，推而属之奸悍无赖，才行不足自托于乡里之人，此方今所以諰諰然常抱边疆之忧，而宿卫之不足恃以为安也。今孰不知边疆、宿卫之士，不足恃以为安哉？顾以为天下学士，以执兵为耻，而亦未有能骑射、行阵之事者，则非召募之卒伍，孰能任其事者乎？

安石对于武事之意见既如此，及当国，即以保甲、保马二法，实行其寓兵于民之政策。

〔保甲〕籍乡村之民，二丁取一。十家为保，有保长。五十家为大保，有大保长。十大保为都保，都保有正副。保丁皆授以弓弩，教之战阵。

〔保马〕马为战阵必需之物。宋仍唐制，有马市，以金帛茶等物易西北诸胡之马。安石谋马之蕃衍，行保马法。凡愿养马者，户一匹，或以监牧中现有之马给之，或官与以值，使自市马养之。每岁阅其肥瘠，死病者责令补偿。

兵既强矣，当谋富国，安石富国之计画如何？曰重在整理财政，不重在增加赋税；重在补助生产，不重在横征暴敛。其《上仁宗皇帝言事书》中所谓：

今天下不见兵革之具，而元元安土乐业，人致己力，以生天下之财。然而公私常以困穷为患者，殆以理财未得其道，而有司不能度世之宜而通其变耳。

与熙宁新法中之均输、方田二法，皆重在整理固有之财政者也。

〔均输〕宋太宗置江淮水陆发运于京师，漕运米粟。后兼领荆湖两浙诸路，或兼知制茶盐，或兼制置矾税。安石因以发运之职，改为均输，假以钱货，凡籴买税敛上供之物，皆得徙贵就贱，用兵易远。预知在京仓库所当办者，得以从便变易蓄买，以待上令。

〔方田〕以东西南北各千步，当四十一顷六十六亩一百六十步为一方。岁以九月，今佐分地，计量，验地土肥瘠，定其色号，分为五等。以地之等，均定税数。

其《与马运判书》中所谓：

尝以谓方今之所以穷空，不独费出之无节，又失所以生财之道故也。富其家者，资之国；富其国者，资之天下；欲富天下，则资之天地。

与熙宁新法中之青苗、市易二法，皆重在补助人民之生产者也。

〔青苗〕以常平籴本作青苗钱，散与人户，纳时令出息二分正月散而夏敛，五月散而秋敛。

〔市易〕置市易省于市使购市所不卖之物于官，或与官物交换。又以资贷商人，以田宅或金帛为抵，当出息十分之二，过期不输，息外更加罚钱。

有善法而无相当之人才以奉行之，则法之效仍不见。安石于未变法之前，即已有见及此，故极力主张用人惟贤，反对科举之以言取士而不重实学。其《上仁宗皇帝言事书》，曾再三申述此意。

朝廷每一令下，其意虽善，在位者犹不能推行，使膏泽加于民；而吏辄缘之为奸，以扰百姓……夫人才不足，则陛下虽欲改易更革天下之事，以合先王之意，大臣虽有能当陛下之意，而欲领此者，九州之大，四海之远，孰能称陛下之旨，以一二推行此，而人人蒙其施者乎？……

方今取士，强记博诵而略通于文辞，谓之茂才、异等、贤良方正。茂才、异等、贤良方正者，公卿之选也。记不必强，诵不必博，略通于文辞，而又尝学诗赋，则谓之进士。进士之高者，亦公卿之选也。夫此二科所得之技能，不足以为公卿，不待论而后可知。而世之议者，乃以为吾常以此取天下之士，而才之可以为公卿者，常出于此，不必法古之取人而后得士也。其亦蔽于理矣。先王之时，尽所以取人之道，犹惧贤者之难进而不肖者之杂于其间也。今悉废先王所以取士之道，而驱天下之才士，悉使为贤良、进士，则士之才可以为公卿者，固宜为贤良、进士，而贤良、进士亦固宜有时而得才之可以为公卿者也。然而不肖者，苟能雕虫篆刻之学，以此进至乎公卿；才之可以为公卿者，困于无补之学，而以此绌死于岩野，盖十八九矣。

科举不仅不能得人才，且其所谓“以言取士”者，亦漫无一定之标准，而以有司之好恶为进退。启士人侥幸之心，堕志士奋发之气，莫此为甚。《进说》一文，曾慨乎言之，今节录如下：

> 古之时，士之在下者无求于上；上之人，日汲汲惟恐一士之失也。古者士之进，有以德，有以才，有以言，有以曲艺。今徒不然，自茂才等而下之。至于明法，其进退之皆有法度。古之所谓德者、才者，无以为也。古之所谓言者，又未必应今之法度也。诚有豪杰不世出之士，不自进乎此，上之人弗举也。诚进乎此，而不应今之法度，有司弗取也……士之进退，不惟其德与才，而惟今之法度。而有司之好恶，未必今之法度也。是士之进，不惟今之法度，而几在有司之好恶耳。今之有司，非昔之有司也。后之有司，又非今之有司也。有司之好恶岂常哉？是士之进退，果卒无所必而已矣。噫！以言取人，未之失也；取焉而又不得其所谓言，是失之失也！况又重以有司好恶之不可常哉？古之道，其卒不可以见乎士也！

由科举而得之士，既如此不可恃，当以何术救济之？曰验之以实事而已。《论馆职劄子》中，安石曾拟有一种具体的办法，可为举一反三之例。

> 臣愿陛下察举众人所谓材良而行美，可以为公卿者，召令三馆祗候，虽已带馆职，亦可令兼祗候。事有当论议者，召至中书，或召至禁中，令具条奏是非利害，及所当设施之

方。及察其才可以备任使者，有四方之事，则令往相视问察，而又或令参覆其所言是非利害。其所言是非利害，虽不尽中义理可施用，然其于相视问察能详尽而不为蔽欺者，即皆可以备任使之才也。其有经术者，又令讲说。如此至于数四，则材否略见，然后罢其否者而召其材者，更亲访问以事。访问以事，非一事而后可以知其人之实也，必至于期年，所访一二十事，则其人之贤不肖审矣。然后随其材之所宜任使。其尤材良行美可与谋者，虽尝令备访问可也。

王安石之个性

王安石当群疑众谤，孤立无助之秋，能力排大难，独行己见而无恐者，果何所恃而然邪？曰有特殊之个性而已。今试从本编所选诸文中，就其言论主张以研究其个性，如何？

（一）正直　吾人试读《答孙元规大资书》，觉其不亢不卑，于婉转之言语中，寓正直之态度。不畏巨室，可谓强项县令矣。再读《答段缝书》，觉其一方面为曾巩辩白，一方面承认曾巩避兄而舍及已所以不用文字规戒之故，不偏不倚，令对方无从置喙。

（二）强毅　《游褒禅山记》曰：“夫夷以近，则游者众；险以远，则至者少。而世之奇伟、瑰怪、非常之观，常在于险远，而人之所罕至焉。故非有志者，不能至也。有志矣，不随以止也，然力不足者，亦不能至也。有志与力，而又不随以怠，至于幽暗、昏惑，而无物以相之，亦不能至也。然力足以至焉而不至，于人为可讥，而在己为有悔。尽吾志也，而不能至者，可以无悔矣。其孰能讥之乎？此予之所得也。”安石明知新法之难行，而卒毅然以行之者，殆亦所谓尽吾志也，而不能至者，可以无悔矣。

（三）尽责　安石行事，不肯苟且，责任心甚重。知鄞县时之兴农田水利，行青苗法；由提点江东刑狱入为度支判官时之敢缘使事所及，冒言天下大事，皆其例也。而《答司马谏议书》中之“今君实所以见教者，以侵官、生事、征利、拒谏，以致天下怨谤也。某则以谓，受命于人主，议法度而修之于朝廷，以受之于有司，不为侵官；举先王之政，以兴利除弊，不为生事；为天下理财，不为征利；辟邪说，难壬人，不为拒谏。至于怨诽之多，则固前知其如此也。人习于苟且非一日，士大夫多以不恤国事，同俗自媚于众为善。上乃欲变此，而某不量敌之众寡，欲出力助上以抗之，则众何为而不汹汹然。”尤足以表明安石责任心之所在。

以上仅就安石之生平、政见及个性略述之，至其文学上之造诣，足以上追韩、柳，下方欧、苏，前贤早有定论。读者苟能熟读而较之，冥默而求之，自能神会，兹不赘。

褚东郊序于上海

1927 年 1 月 26 日

目　　录

上仁宗皇帝言事书[①]

臣愚不肖，蒙恩备使一路[②]。今又蒙恩召还阙廷[③]，有所任属，而当以使事归报陛下[④]。不自知其无以称职，而敢缘[⑤]使事之所及，冒言天下之事，伏惟陛下详思而择其中，幸甚！

---

①宋仁宗嘉祐三年（1058），王安石为度支判官，概然有矫世变俗之志，因上是书。仁宗，名祯，真宗之子，赵宋之第四君也。②路：为行政区域之名。宋时分中国为路，犹今之分省。蒙恩备使一路：安石自知常州，移提点江东刑狱之谓也。　③蒙恩召还阙廷：召安石入为度支判官之谓也。　④陛下：天子之称。古时天子必有近臣，执兵立陛侧，以戒不虞。人臣与天子言，不敢指斥，故呼在陛下者而告之，因卑达尊之意。　⑤缘：因也。

臣窃观陛下有恭俭之德，有聪明睿智[①]之才；夙兴夜寐[②]，无一日之懈；声色、狗马、观游、玩好之事，无纤介[③]之蔽；而仁民、爱物之意，孚[④]于天下；而又公选天下之所愿以为辅相者，属之以事，而不贰于谗邪倾巧之臣，此虽二帝、三王⑤之用心，不过如此而已。宜其家给人足，天下大治，而效不至于此，顾内则不能无以社稷为忧，外则不能无惧于夷狄，天下之财力日以困穷，而风俗日以衰坏，四方有志之士，諰諰然⑥常恐天下之久不安，此其故何也？患在不知法度故也。

---

①睿：深明也，通也。《书》："睿作圣。"后人因颂扬人主曰"睿"。 ②夙：早也。夙兴夜寐：言勤政。 ③纤介：犹言微末。介：与"芥"同。 ④孚：信也。 ⑤二帝：谓尧舜。三王：谓夏禹、商汤、周文武，皆古之圣人也。⑥諰（xǐ）諰然：畏惧貌。

今朝廷法严令具，无所不有，而臣以谓无法度者，何哉？方今之法度，多不合乎先王之政故也。孟子①曰："有仁心仁闻，而泽②不加于百姓者，为政不法于先王之道故也。"③以孟子之说，观方今之失，正在于此而已。夫以今之世，去先王之世远，所遭之变，所遇之势不一，而欲一二修先王之政，虽甚愚者，犹知其难也。然臣以谓今之失，患在不法先王之政者，以谓当法其意而已。夫二帝、三王，相去盖千有余载。一治一乱，其盛衰之时具矣。其所遭之变，所遇之势，亦各不同，其施设之方亦皆殊。而其为天下国家之意，本末先后，未尝不同也。臣故曰："当法其意而已。"法其意，则吾所改易更革，不至乎倾骇④天下之耳目，嚣[5]天下之口，而固已合乎先王之政矣。

---

[1]孟子：名轲。战国时邹人。受学于子思之弟子，其说尊王贱霸，重仁义，轻功利，创性善之说。　[2]泽：恩德之及于人者。　[3]语出《孟子·离娄》。　[4]倾骇：犹言“惊骇”。　[5]嚣：喧哗。

虽然，以方今之势揆[1]之，陛下虽欲改易更革天下之事，合于先王之意，其势必不能也。陛下有恭俭之德，有聪明、睿智之才，有仁民、爱物之意，诚加之意，则何为而不成，何欲而不得？然而臣顾以谓陛下虽欲改易更革天下之事，合于先王之意，其势必不能者，何也？以方今天下之人才不足故也。

臣尝试窃观天下在位之人，未有乏于此时者也。夫人才乏于上，则有沉废[2]伏匿在下，而不为当时所知者矣。臣又求之于闾巷、草野之间，而亦未见其多焉。岂非陶冶[3]而成之者，非其道而然乎？臣以谓方今在位之人才不足者，以臣使事之所及则可知矣。今以一路数千里之间，能推行朝廷之法令，知其所缓急，而一切能使民以修其职事者甚少；而不才、苟简、贪鄙之人，至不可胜数；其能讲先王之意，以合当时之变者，盖阖[4]郡之间，往往而绝也。朝廷每一令下，其意虽善，在位者犹不能推行，使膏泽加于民；而吏辄缘之为奸，以扰百姓。臣故曰：“在位之人才不足，而草野、闾巷之间，亦未见其多也。”夫人才不足，则陛下虽欲改易更革天下之事，以合先王之意，大臣虽有能当陛下之意，而欲领此者，九州之大，四海之远，孰能称陛下之旨⑤，以一二推行此，而人人蒙其施者乎？臣故曰：“其势必未能也。”孟子曰，“徒法不能以自行”，非此之谓乎？

①揆：度也。　②沉废：意谓杰出人才埋没在下层，不被重用。　③陶冶：本意为制瓦器铸金器也，借用为化育裁成之义。　④阖：总也，合也。　⑤称陛下之旨：意谓照皇帝的意旨施行。

然则方今之急，在于人才而已。诚能使天下之才众多，然后在位之才可以择其人而取足焉。在位者得其才矣，然后稍视时势之可否，而因人情之患苦，变更天下之弊法，以趋先王之意，甚易也。今之天下，亦先王之天下。先王之时，人才尝众矣，何至于今而独不足乎？故曰：“陶冶而成之者，非其道故也。”

商①之时，天下尝大乱矣。在位贪毒祸败，皆非其人。及文王②之起，而天下之才尝少矣。当是时，文王能陶冶天下之士，而使之皆有士君子之才，然后随其才之所有而官使之。《诗》曰③“岂弟④君子，遐不作人⑤”，此之谓也。及其成也，微贱兔罝⑥之人，犹莫不好德，《兔罝》⑦之诗是也。又况于在位之人乎？夫文王惟能如此，故以征则服，以守则治。《诗》曰："奉璋峨峨，髦士攸宜。"⑧又曰："周王于迈，六师及之。"⑨言文王所用，文武各得其才而无废事也。及至夷、厉⑩之乱，天下之才，又尝少矣。至宣王⑪之起，所与图天下之事者，仲山甫⑫而已。故诗人叹之曰："德輶如毛，维仲山甫举之，爱莫助之。"⑬盖闵⑭人士之少，而山甫之无助也。宣王能用仲山甫，推其类以新美天下之士，而后人才复众。于是内修政事，外讨不庭⑮，而复有文、武⑯之境土。故诗人美之曰："薄言采芑，于彼新田，于此菑亩。"⑰言宣王能新美天下之士，使之有可用之才，如农夫新美其田，而使之有可采之芑也。由此观之，人之才未尝不自人主陶冶而成之者也。

---

①商：朝代名。成汤代夏有天下，国号商。　②文王：姓姬，名昌，殷之诸侯。　③《诗》：即《诗经》。本为里巷歌谣与朝庙乐章，古凡三千篇，孔子删为三百十五篇，分国风、小雅、大雅、颂四体。　④岂弟：和易也。　⑤遐不作人：作起人才，不遗遐远之谓也。　⑥罝（jū）：捉兔子的网。⑦《兔罝》：《诗·国风》之一篇。此诗言猎兔之人，犹知好德。　⑧语出《大雅·棫朴》。奉璋：臣下朝见国君时所捧的玉器。峨峨：高峻貌。髦士：俊士。攸：语助词。　⑨周王：文王也。迈：往也。二千五百人为师。及：与也。　⑩夷：周夷王，姓姬，名燮。厉：周厉王，姓姬，名胡。　⑪宣王：周宣王，姓姬，名靖。　⑫仲山甫：即周之樊侯，宣王时为卿

士，辅佐中兴。　⑬辅：轻也。句谓人皆言德甚轻而易举，然人莫举之，举之者惟仲山甫耳。我心诚爱之，而恨不能有以助之也。　⑭闵：怜也。　⑮不庭：不朝于王庭的异邦。⑯武：周武王，姓姬，名发。　⑰薄言：发语辞。芑：菜名。菑亩：已垦一年之田。

所谓陶冶而成之者何也？亦教之，养之，取之，任之，有其道而已。

所谓教之之道何也？古者天子诸侯，自国至于乡党①皆有学②，博置教导之官而严其选。朝廷礼乐、刑政之事，皆在于学。士所观而习者，皆先王之法言德行，治天下之意。其材亦可以为天下国家之用。苟不可以为天下国家之用，则不教也。苟可以为天下国家之用者，则无不在于学。此教之之道也。

---

①乡党：五家为邻，五邻为里，五里为族，五族为党，五党为州，五州为乡。　②学：学校。

所谓养之之道何也？饶①之以财，约之以礼，裁之以法也。何谓饶之以财？人之情，不足于财则贪鄙苟得，无所不至。先王知其如此，故其制禄，自庶人②之在官者，其禄已足以代其耕矣。由此等而上之，每有加焉，使其足以养廉耻，而离于贪鄙之行。犹以为未也，又推其禄以及其子孙，谓之世禄。使其生也，既于父子、兄弟、妻子之养，婚姻、朋友之接，皆无憾③矣；其死也，又于子孙无不足之忧焉。何谓约之以礼？人情足于财，而无礼以节之，则又放僻邪侈④，无所不至。先王知其如此，故为之制度，婚丧、祭养、燕享之事，服食、器用之物，皆以命数为之节，而齐之以律度量衡之法。其命可以为之，而财不足以具，则弗具也。其财可以具，而命不得为之者，不使有铢两⑤、分寸之加焉。何谓裁之以法？先王于天下之士，教之以道艺矣，不帅教⑥，则待之以屏弃远方：终身不齿⑦之法。约之以礼矣，不循礼，则待之以流⑧、杀之法。《王制》⑨曰："变衣服者其君流。"《酒诰》⑩曰："厥成诰曰：'群饮，汝勿佚。尽执拘以归于周，予其杀！'"⑪夫群饮、变衣服，小罪也，流、杀，大刑也，加小罪以大刑，先王所以忍而不疑者，以为不如是，不足以一天下之俗，而成吾治。夫约之以礼，裁之以法，天下所以服从无抵冒⑫者，又非独其禁严而治察之所能致也。盖亦以吾至诚、恳恻⑬之心，力行而为之倡。凡在左右通贵之人，皆顺上之欲而服行之。有一不帅者，法之加必自此始。夫上以至诚行之，而贵者知避上之所恶矣，则天下之不罚而止者众矣。故曰："此养之之道也。"

---

①饶：足也。　②庶人：平民也。　③憾：恨也。
④放僻邪侈：谓胡作非为，违法乱纪。　⑤铢两：十黍为累，

十累为铢，二十四铢为两，皆古衡名。 ⑥帅教：犹言遵教也。 ⑦引为同类曰齿。不齿：不引为同类也。 ⑧流：五刑之一，安置远方，终身不返。 ⑨《王制》：《礼记》篇名，记先王班爵、授禄、祭祀、养老之法度。 ⑩《酒诰》：《书·周书》篇名。康叔封于殷之故都，民化纣嗜酒，周公以成王之命戒之。 ⑪群饮：谓商民聚众而饮之。佚：失也。“予其杀”之“其”，未定辞也。 ⑫抵冒：犹言抵触。 ⑬恳恻：恳挚而至诚也。

所谓取之之道者何也？先王之取人也，必于乡党，必于庠序①，使众人推其所谓贤能②，书之以告于上而察之。诚贤能也，然后随其德之大小、才之高下而官使之。所谓察之者，非专用耳目之聪明，而听私于一人之口也。欲审③知其德，问以行；欲审知其才，问以言。得其言行，则试之以事。所谓察之者，试之以事是也。虽尧之用舜④，亦不过如此而已。又况其下乎？若夫九州之大，四海之远，万官亿丑⑤之贱，所须士大夫之才则众矣，有天下者，又不可以一一自察之也；又不可以偏属于一人，而使之于一日二日之间，考试其行能而进退之也。盖吾已能察其才行之大者以为大官矣，因使之取其类，以持久试之，而考其能者，以告于上，而后以爵命、禄秩⑥予之而已。此取之之道也。

---

①庠序：学校名。殷曰“序”，周曰“庠”。 ②贤能：

《周礼》：三年大比，乡大夫考士之德行道艺，而兴贤者能者。③审：详悉。　④尧：名放勋，帝喾之子，继帝挚而为天子。因四岳之荐而用舜（舜，名重华，颛顼子穷蝉之后也）。后即禅以天子之位。　⑤丑：类也。　⑥爵命：封爵受命。禄秩：官吏食禄的品级。

所谓任之之道者何也？人之才德，高下厚薄不同，其所任有宜有不宜。先王知其如此，故知农者以为后稷①，知工者以为共工②。其德厚而才高者，以为之长；德薄而才下者，以为之佐属③。又以久于其职，则上狃习④而知其事，下服驯而安其教，贤者则其功可以至于成，不肖者则其罪可以至于著，故久其任而待之以考绩⑤之法。夫如此，故智能才力之士，则得尽其智以赴功，而不患其事之不终，其功之不就也。偷惰、苟且之人，虽欲取容于一时，而顾僇⑥辱在其后，安敢不勉乎？若夫无能之人，固知辞避而去矣。居职任事之日久，不胜任之罪，不可以幸而免故也。彼且不敢冒而知辞避矣，尚何有比周⑦、谗谄、争进之人乎？取之既已详，使之既已当，处之既已久，至其任之也又专焉，而不一二以法束缚之，而使之得行其意。尧、舜之所以理百官而熙众工⑧者，以此而已。《书》⑨曰："三载考绩，三考，黜陟幽明。"⑩此之谓也。然尧、舜之时，其所黜者，则闻之矣，盖四凶⑪是也。其所陟者，则皋陶、稷、契⑫，皆终身一官而不徙。盖其所谓陟者，特加之爵命、禄赐而已耳。此任之之道也。

夫教之、养之、取之、任之之道如此，而当时人君又能与其大臣悉其耳目心力，至诚、恻怛，思念而行之。此其人臣之所以无疑，而于天下国家之事，无所欲为而不得也。

---

①后稷：舜时之官名，周弃任之，主农。 ②共工：官名，舜时垂作共工，理百工事。 ③佐：辅佐也。属：下属也。 ④狃：狎也。狃习：犹言习惯不以为意也。 ⑤考绩：犹言考课，谓考其所积。 ⑥僇：犹辱。 ⑦比周：犹亲厚。 ⑧工：官也。众工：犹言众官。 ⑨《书》：《尚书》之省称。尚，上也。以其为上古典谟训诰之文，故曰《尚书》，实中国最古之史也。 ⑩黜：贬也，退也，废也。陟：进用也。句谓三年考核成绩一次，经三次考核，时已九载，人之贤否，事之得失，均可见矣，于是陟其明而黜其幽。 ⑪四凶：古之恶人，浑敦、穷奇、梼杌、饕餮是也。 ⑫皋陶：人名，虞舜时为狱官之长。稷：后稷，弃也。契：虞舜时为司徒之官，商之祖也。

方今州县虽有学，取墙壁具①而已，非有教导之官，长育②人才之事也。唯太学有教导之官，而亦未尝严其选。朝廷礼乐、刑政之事，未尝在于学。学者亦漠然，自以礼乐、刑政为有司之事，而非己所当知也。学者之所教，讲说章句③而已。讲说章句，固非古者教人之道也。近岁乃始教之以课试之文章④。夫课试之文章，非博诵强学？穷日之力则不能。及其能工也，大则不足以用天下国家，小则不足以为天下国家之用。故虽白首于庠序，穷日之力以帅上之教，及使之从政，则茫然不知其方者皆是也。

---

①取墙壁具：徒具房屋书案。　②长：上声。长育：犹言长养。　③讲说章句：谓不能通达大义而拘泥于辨析篇章字句的训释。　④课试之文章：指为应付科举考试而作的文章。

盖今之教者，非特不能成人之才而已，又从而困苦毁坏之，使不得成才者，何也？夫人之才，成于专而毁于杂。故先王之处民才，处工于官府，处农于畎亩，处商贾于肆，而处士于庠序，使各专其业而不见异物①。惧异物之足以害其业也。所谓士者，又非特使之不得见异物而已，一示之以先王之道，而百家诸子②之异说，皆屏之而莫敢习者焉。今士之所宜学者，天下国家之用也。今悉使置之不教，而教之以课试之文章，使其耗精疲神，穷日之力，以从事于此。及其任之以官也，则又悉使置之，而责之以天下国家之事。夫古之人，以朝夕专其业于天下国家之事，而犹才有能有不能。今乃移其精神，夺其日力，以朝夕从事于无补之学，及其任之以事，然后卒然责之，以为天下国家之用，宜其才之足以有为者少矣。臣故曰：“非特不能成人之才，又从而困苦毁坏之，使不得成才也。”

---

①异物：不共之事，其他事物。 ②百家诸子：按《汉书·艺文志》载诸子百八十九家，系合贾生以后诸家言之。言百家者，举成数也。

又有甚害者，先王之时，士之所学者，文武之道也。士之才，有可以为公卿大夫，有可以为士。其才之大小，宜不宜则有矣。至于武事，则随其才之大小，未有不学者也。故其大者，居则为六官①之卿，出则为六军②之将也。其次则比、闾、族、党③之师，亦皆卒、两、师、旅④之帅也。故边疆、宿卫⑤皆得士大夫为之，而小人不得奸其任⑥。今之学者，以为文武异事，吾知治文事而已，至于边疆、宿卫之任，则推而属之于卒伍。往往天下奸悍无赖之人，苟其才行足自托于乡里者，亦未有肯去亲戚而从召募⑦者也。边疆、宿卫，此乃天下之重任，而人主之所当慎重者也。故古者教士，以射、御⑧为急，其他技能，则视其人才之所宜而后教之。其才之所不能，则不强也。至于射，则为男子之事。人之生，有疾则已；苟无疾，未有去射而不学者也。在庠序之间，固当从事于射也。有宾客之事则以射，有祭祀之事则以射。别士之行同、能偶则以射。于礼乐之事，未尝不寓以射，而射亦未尝不在于礼乐、祭祀之间也。《易》⑨曰："弧⑩矢之利，以威天下。"先王岂以射为可以习揖让之仪而已乎？固以为射者，武事之尤大，而威天下、守国家之具也。居则以是习礼乐，出则以是从战伐。士既朝夕从事于此，而能者众，则边疆、宿卫之任，皆可以择而取也。夫士尝学先王之道，其行义尝见推于乡党矣，然后因其才而托之以边疆、宿卫之事，此古之人君所以推干戈以属之人，而无内外之虞也。今乃以夫天下之重任，人主所当至慎之选，推而属之奸悍无赖，才行不足自托于乡里之人，此方今所以諰諰然常抱边疆之忧，而虞宿卫之不足恃以为安也。今孰不知边疆、宿卫之士，不足恃以为安哉？顾以为天下学士，以执兵为耻，而亦未有能骑射、行阵之事者，则非召募之卒伍，孰能任其事者乎？夫不严其教，高其选，则士之以执兵为耻，而未尝有能骑射、行阵之事，固其理也。

凡此，皆教之非其道故也。

---

①六官：《周礼》有天官冢宰、地官司徒、春官宗伯、夏官司马、秋官司寇、冬官司空之职。　②六军：《周礼》谓凡制军，万二千五百人为军。王六军，大国三军，次国二军，小国一军。　③五家为比，五比为闾，五闾为族，五族为党。　④五人为伍，百人为卒，二千五百人为师，五百人为旅。　⑤宿卫：谓直宿宫禁，以卫天子也。　⑥奸：乱也。奸其任：犹言非其所能胜任而妄任之。　⑦召募：召募兵士也。　⑧御：古时用车战，故御车亦为武术之一种。　⑨《易》：书名。古卜筮之书，有《连山》《归藏》《周易》三种，谓之《三易》。今但存《周易》，即《易经》，省称《易》。　⑩弧：木弓也。

方今制禄，大抵皆薄，自非朝廷侍从之列，食口稍众，未有不兼农商之利而能充其养者也。其下州县之吏，一月所得，多者钱八九千，少者四五千。以守选①、待除②、守阙③通之④，盖六七年而后得三年之禄⑤。计一月所得，乃实不能四五千，少者乃实不能及三四千而已。虽厮养⑥之给，亦窘于此矣。而其养生、丧死、婚姻、葬送之事，皆当于此。夫出中人之上者，虽穷而不失为君子；出中人之下者，虽泰⑦而不失为小人。唯中人不然，穷则为小人，泰则为君子。计天下之士，出中人之上下者，千百而无十一，穷而为小人，泰而为君子者，则天下皆是也。先王以为众不可以力胜也，故制行不以己，而以中人为制，所以因其欲而利道之；以为中人之所能守，则其志可以行乎天下，而推之后世。以今之制禄，而欲士之无毁廉耻，盖中人之所不能也。故今官大者，往往交赂遗⑧，营赀产，以负贪污之毁；官小者，贩鬻⑨、乞丐无所不为。夫士已尝毁廉耻以负累⑩于世矣，则其偷惰取容之意起，而矜奋自强之心息。则职业安得而不弛，治道何从而兴乎？又况委法⑪受赂，侵牟⑫百姓者，往往而是也。此所谓不能饶之以财也。

---

①选：选拔官员。职官由部选举曰选。守选：犹言候铨举官。　②除：拜官也。凡言除者，除去故官，就新官也。待除：犹言旧任已满，待就新官。　③阙：通“缺”。守阙：犹

言待阙，候阙也。　④通之：犹言平均计之也。　⑤依例，官员在守选、待除、守阙期间无俸禄，上任之后才会有相应俸禄，一任三年后，又须待除与待阙，重又无俸。　⑥厮养：贱役也。　⑦泰：侈也，安也。　⑧赂遗：以财与人也。　⑨鬻：音祝。贩鬻：犹言贩卖。　⑩累：罪也。负累：犹言负罪。　⑪委：弃也。委法：犹言不守法纪也。　⑫牟：取也，夺也。侵牟：犹言侵夺。

婚丧、奉养、服食、器用之物，皆无制度以为之节，而天下以奢为荣，以俭为耻。苟其财之可以具，则无所为而不得。有司既不禁，而人又以此为荣。苟其财不足，而不能自称于流俗，则其婚丧之际，往往得罪于族人亲姻，而人以为耻矣。故富者贪而不知止，贫者则强勉其不足以追之。此士之所以重困，而廉耻之心毁也。

凡此，所谓不能约之以礼也。

方今陛下躬行俭约，以率天下，此左右通贵之臣所亲见。然而其闺门①之内，奢靡无节，犯上之所恶，以伤天下之教者，有已甚者矣。未闻朝廷有所放绌②，以示天下。昔周之人，拘群饮而被之以杀刑者，以为酒之末流生害，有至于死者众矣，故重禁其祸之所自生。重禁祸之所自生，故其施刑极省，而人之抵于祸败者少矣。今朝廷之法，所尤重者，独贪吏耳。重禁贪吏而轻奢靡之法，此所谓禁其末而弛其本。

---

①闺门：宫中的小门。亦称宫室、内室之门。此处代指朝廷后宫。　②绌：同“黜”。

然而世之识者，以为方今官冗，而县官①财用已不足以供之，其亦蔽于理矣。今之入官诚冗矣，然而前世置员盖甚少，而赋禄又如此之薄，则财用之所不足，盖亦有说矣。吏禄岂足计哉？臣于财利固未尝学，然窃观前世治财之大略矣。盖因天下之力，以生天下之财，取天下之财，以供天下之费，自古治世，未尝以不足为天下之公患也，患在治财无其道耳。今天下不见兵革之具，而元元②安土乐业，人致己力，以生天下之财。然而公私常以困穷为患者，殆以理财未得其道，而有司不能度世之宜而通其变耳。诚能理财以其道而通其变，臣虽愚，固知增吏禄不足以伤经费也。

---

①县官：天子也。见《汉书》。　②元元：民也。元：善也，民之类善，故称元。

方今法严令具，所以罗天下之士，可谓密矣。然而亦尝教之以道艺，而有不帅教之刑以待之乎？亦尝约之以制度，而有不循理之刑以待之乎？亦尝任之以职事，而有不任事之刑以待之乎？夫不先教之以道艺，诚不可以诛其不帅教；不先约之以制度，诚不可以诛其不循理；不先任之以职事，诚不可以诛其不任事。此三者，先王之法所尤急也，今皆不可得诛，而薄物细故，非害治之急者，为之法禁，月异而岁不同，为吏者至于不可胜记。又况能一二避之而无犯者乎？此法令所以玩而不行，小人有幸而免者，君子有不幸而及者焉。此所谓不能裁之以刑也。

凡此，皆治之非其道也。

方今取士，强记博诵而略通于文辞，谓之茂才①、异等②、贤良方正③。茂才、异等、贤良方正者，公卿之选也。记不必强，诵不必博，略通于文辞，而又尝学诗赋④，则谓之进士⑤。进士之高者，亦公卿之选也。夫此二科所得之技能，不足以为公卿，不待论而后可知。而世之议者，乃以为吾常以此取天下之士，而才之可以为公卿者，常出于此，不必法古之取人而后得士也。其亦蔽于理矣。先王之时，尽所以取人之道，犹惧贤者之难进而不肖者之杂于其间也。今悉废先王所以取士之道，而驱天下之才士，悉使为贤良、进士，则士之才可以为公卿者，固宜为贤良、进士，而贤良、进士亦固宜有时而得才之可以为公卿者也。然而不肖者，苟能雕虫篆刻⑥之学，以此进至乎公卿；才之可以为公卿者，困于无补之学，而以此绌死于岩野，盖十八九矣。夫古之人有天下者，其所以慎择者，公卿而已。公卿既得其人，因使推其类以聚于朝廷，则百司庶物，无不得其人也。今使不肖之人幸而至乎公卿，因得推其类，聚之朝廷，此朝廷所以多不肖之人，而虽有贤智，往往困于无助，不得行其意也。且公卿之不肖，既推其类以聚于朝廷；朝廷之不肖，又推其类以备四方之任；使四方之任使者，又各推其不肖以布于州郡，则虽有同罪举官之科⑦，岂足恃哉？适足以为不肖者之资而已。

---

①茂才：即秀才，因避后汉光武帝讳，改秀才为茂才，科举之一，始于汉，言其才秀异茂美也。隋世天下举秀才不十人，视秀才极重。唐与明经、进士并设科目。宋时凡应举者无不称秀才。　②异等：科举之一，始于汉，言才能特异于众人也。　③贤良方正：科举之一。汉文帝诏举贤良方正、文学、材力之士，待以不次之位，举贤良方正始此。唐宋沿之。　④赋：文体之一，源于古诗，其后踵事增华，遂独成一体。　⑤进士：谓士之可进受爵禄者也。至隋始设此科目，唐宋因之。　⑥雕虫篆刻，扬雄《法言》：或问："吾子少而好赋。"曰："然，童子雕虫篆刻。"俄而曰："壮夫不为也。"后人言文章之事，恒引此语。　⑦同罪举官之科：被荐举的官员如果日后犯罪，其荐举者也要受到相应的惩处。

其次九经①、五经②、学究③、明法④之科，朝廷固已尝患其无用于世，而稍责之以大义矣。然大义之所得，未有以贤于故也。今朝廷又开明经⑤之选，以进经术之士。然明经之所取，亦记诵而略通于文辞者，则得之矣。彼通先王之意，而可以施于天下国家之用者，顾未必得与于此选也。

---

①九经：《周礼》《仪礼》《礼记》《左传》《公羊》《谷梁》《易》《诗》《书》是也。一说《易》《诗》《书》《礼》《春秋》《孝经》《论语》《孟子》《周礼》，是也。 ②五经：《易》《书》《诗》《春秋》《礼》是也。 ③学究：唐时取士科目，有秀才，有明经。而明经之别有五经，有三经，有二经，有学究一经。其应学究一经科者，即谓之学究。 ④明法：汉新有国，诏明法者遣诣京师。唐始设明法科。 ⑤明经：见“学究”注。

其次则恩泽子弟①，庠序不教之以道艺，官司不考问其才能，父兄不保任其行义，而朝廷辄以官予之，而任之以事。武王数纣②之罪，则曰：“官人以世。”③夫官人以世，而不计其才行，此乃纣之所以乱亡之道，而治世之所无也。

---

①恩泽子弟：谓父兄有功于国家，天子推恩以官其子弟也。
②纣：名辛。商代亡国之君也。暴虐无道，为周武王所杀。
③官人以世：谓因世代之关系而官之也。

又其次曰流外①。朝廷固已挤之于廉耻之外，而限其进取之路矣，顾属之以州县之事，使之临士民之上，岂所谓以贤治不肖者乎？以臣使事之所及，一路数千里之间，州县之吏出于流外者，往往而有，可属任以事者，殆无二三，而当防闲其奸者皆是也。盖古者有贤不肖之分，而无流品[②]之别。故孔子之圣[③]，而尝为季氏吏[④]。盖虽为吏而亦不害其为公卿。及后世有流品之别，则凡在流外者，其所成立，固尝自置于廉耻之外，而无高人之意矣。夫以近世风俗之流靡，自虽士大夫之才，势足以进取，而朝廷尝奖之以礼义者，晚节末路，往往怵[⑤]而为奸。况又其素所成立，无高人之意，而朝廷固已挤之于廉耻之外，限其进取者乎？其临人亲职，放辟邪侈，固其理也。

至于边疆宿卫之选，则臣固已言其失矣。

凡此，皆取之非其道也。

---

①流外：官名。后魏官制，已有流外之名。唐制，一品至九品各分正从，谓之流内。九品以外，别置九级，自勋品至九品无正从，谓之流外。其官卑猥，不得预于正流，故曰流外也。
②流品：谓人之道德学问，在社会上所占之地位也。流：谓派别；品：谓等第。魏时用九品官人法，历代因之。又隋唐官制有流内流外，犹言正流杂流也。二者皆人材登庸之途，旧社会重仕宦，故评论人材之高下，谓之流品。　③孔子：儒家之祖，周春秋时鲁人。名丘，字仲尼。初仕于鲁，为司寇，摄行相事。其后不用，遂周流四方。归鲁，删《诗》《书》，定《礼》《乐》，赞《周易》，修《春秋》，以传先王之旧，后世尊为圣人。　④季氏：春秋时鲁国之季孙氏也。孔子尝为其宰。

⑤怵：诱也。

方今取之既不以其道，至于任之又不问其德之所宜，而问其出身之后先；不论其才之称否，而论其历任之多少。以文学进者，且使之治财。已使之治财矣，又转而使之典狱①。已使之典狱矣，又转而使之治礼。是则一人之身，而责之以百官之所能备，宜其人才之难为也。夫责人以其所难为，则人之能为者少矣。人之能为者少，则相率②而不为。故使之典礼，未尝以不知礼为忧，以今之典礼者，未尝学礼故也。使之典狱，未尝以不知狱为耻，以今之典狱者，未尝学狱故也。天下之人，亦已渐渍于失教，被服于成俗③，见朝廷有所任使，非其资序，则相议而讪之，至于任使之不当其才，未尝有非之者也。

①典狱：犹言管理监狱也。　②相率：相跟，争先恐后。
③渐渍于失教，被服于成俗：语出《史记·礼书》，意谓积渐成俗，人们很难超脱现实而保持头脑的清醒。

且在位者数徙，则不得久于其官。故上不能狃习①而知其事，下不肯服驯而安其教。贤者则其功不可以及于成，不肖者则其罪不可以至于著。若夫迎新将故之劳，缘绝簿书之弊②，固其害之小者，不足悉数也。设官大抵皆当久于其任，而至于所部者远，所任者重，则尤宜久于其官，而后可以责其有为。而方今尤不得久于其官，往往数日辄迁之矣。

取之既已不详，使之既已不当，处之既已不久，至于任之则又不专，而又一二以法束缚之，不得行其意。臣故知当今在位多非其人，稍假借之权而不一二以法束缚之，则放恣而无不为。虽然，在位非其人，而恃法以为治，自古及今，未有能治者也。即使在位皆得其人矣，而一二以法束缚之，不使之得行其意，亦自古及今，未有能治者也。

夫取之既已不详，使之既已不当，处之既已不久，任之又不专，而一二以法束缚之，故虽贤者在位，能者在职，与不肖而无能者，殆无以异。夫如此，故朝廷明知其贤能足以任事，苟非其资序，则不以任事而辄进之；虽进之，士犹不服也。明知其无能而不肖，苟非有罪，为在事者所劾，不敢以其不胜任而辄退之；虽退之，士犹不服也。彼诚不肖无能，然而士不服者何也？以所谓贤能者任其事，与不肖而无能者，亦无以异故也。臣前以谓不能任人以职事，而无不任事之刑以待之者，盖谓此也。

---

①狃习：熟悉，习惯。　②缘绝簿书：谓文书繁冗，部门众多，凡事皆需许多衙门关口方能解决。

夫教之，养之，取之，任之，有一非其道，则足以败天下之人才，又况兼此四者而有之，则在位不才、苟简、贪鄙之人，至于不可胜数，而草野、闾巷之间，亦少可任之才，固不足怪。《诗》曰："国虽靡止，或圣或否。民虽靡膴，或哲或谋，或肃或艾。如彼泉流，无沦胥以败。"①此之谓也。

①出《诗经·小雅·小旻》。意谓国论虽不定，然有圣者焉，有否者焉；国民虽不多，然有明哲者焉，有谋画者焉，有敬恭者焉，有治理者焉。但王不用善，则虽有善者不能自存，将如泉流之不反，而沦胥以至于败矣。靡止：不定也。膴（hū）：法则。

夫在位之人才不足矣，而闾巷、草野之间，亦少可用之才，则岂特行先王之政而不得也。社稷之托，封疆之守，陛下其能久以天幸为常，而无一旦之忧乎？盖汉之张角①，三十六万，同日而起，所在郡国，莫能发其谋；唐之黄巢②，横行天下，而所至将吏，无敢与之抗者。汉唐之所以亡，祸自此始。

①东汉末，钜鹿人张角，自称天公将军，以符咒治病。惑众至数十万，起而为乱。　②唐僖宗时，王仙芝为乱，曹州人黄巢起兵应之。仙芝败死，巢率众攻掠河南、江西、福建、浙东、宣歙（领宣、歙、饶三州，治宣州）、广南、荆襄诸州，乘势取洛阳，破潼关，陷长安。帝奔蜀。巢称齐帝。凡十年，乱始平。

唐既亡矣，陵夷①以至五代②，而武夫用事，贤者伏匿消沮而不见，在位无复有知君臣之义、上下之礼者也。当是之时，变置社稷，盖甚于弈棋之易；而元元肝脑涂地，幸而不转死于沟壑者无几耳。夫人才不足，其患盖如此，而方今公卿大夫，莫肯为陛下长虑后顾，为宗庙万世计，臣窃惑之。

---

①陵：丘陵也。夷：平也。陵夷：言帝王之道，其颓废如丘陵之渐平也。　②五代：后梁、后唐、后晋、后汉、后周是也。

昔晋武帝①趣过目前，而不为子孙长远之谋。当时在位，亦皆偷合苟容，而风俗荡然，弃礼义，捐法制，上下同失，莫以为非，有识固知其将必乱矣。而其后果海内大扰，中国列于夷狄者二百余年②。

---

①晋武帝：名炎，篡魏后，只知淫乐。其后果致五胡之乱。②中国列于夷狄者二百余年：谓自晋东迁后，五胡及拓跋魏占据中原，至隋始统一。

伏惟三庙祖宗①神灵所以付属陛下，固将为万世血食②而大庇元元于无穷也。臣愿陛下鉴汉、唐、五代之所以乱亡，惩晋武苟且因循之祸，明诏大臣，思所以陶成③天下之才，虑之以谋，计之以数，为之以渐，期为合于当世之变，而无负于先王之意，则天下之人才不胜用矣。人才不胜用，则陛下何求而不得，何欲而不成哉？

夫虑之以谋，计之以数，为之以渐，则成天下之才甚易也。

---

①三庙祖宗：谓太祖、太宗、真宗。　②祭祀须杀牲取血，因名宗庙、社稷之神主享受牺牲，是为血食。　③陶成：陶冶使之成就大器。

臣始读《孟子》，见孟子言王政之易行，心则以为诚然。及见与慎子论齐鲁之地①，以为先王之制国，大抵不过百里者；以为今有王者起，则凡诸侯之地，或千里，或五百里，皆将损之至于数十百里而后止。于是疑孟子虽贤，其仁智足以一天下，亦安能毋劫之以兵革，而使数百千里之强国，一旦肯损其地之十八九，比于先王之诸侯。至其后，观汉武帝用主父偃之策②，令诸侯王地悉得推恩封其子弟，而汉亲临定其号名，辄别属汉。于是诸侯王之子弟各有分土，而势强地大者，卒以分析弱小，然后知虑之以谋，计之以数，为之以渐，则大者固可使小，强者固可使弱，而不至乎倾骇、变乱、败伤之衅。孟子之言不为过。又况今欲改易更革，其势非若孟子所为之难也。臣故曰：“虑之以谋，计之以数，为之以渐，则其为甚易也。”

①详《孟子·告子下》。　　②主父偃：汉齐国临淄人，学长短纵横术。汉武帝用主父偃策详《资治通鉴》卷一八。

然先王之为天下，不患人之不为，而患人之不能；不患人之不能，而患己之不勉。何谓不患人之不为，而患人之不能？人之情所愿得者，善行、美名、尊爵、厚利也，而先王能操之以临天下之士。天下之士，有能遵之以治者，则悉以其所愿得者以与之。士不能则已矣，苟能，则孰肯舍其所愿得，而不自勉以为才？故曰："不患人之不为，患人之不能。"何谓不患人之不能，而患己之不勉？先王之法，所以待人者尽矣，自非下愚不可移之才，未有不能赴者也。然而不谋之以至诚、恻怛之心，力行而先之，未有能以至诚、恻怛之心，力行而应之者也。故曰："不患人之不能，而患己之不勉。"陛下诚有意乎成天下之才，则臣愿陛下勉之而已。

臣又观朝廷异时欲有所施为变革，其始计利害未尝熟也。顾有一流俗侥幸之人，不悦而非之，则遂止而不敢为。夫法度立，则人无独蒙其幸者。故先王之政，虽足以利天下，而当其承弊坏之后，侥幸之时，其创法立制，未尝不艰难也。以其创法立制，而天下侥幸之人，亦顺悦以趋之，无有龃龉①，则先王之法，至今存而不废矣。惟其创法立制之艰难，而侥幸之人，不肯顺悦而趋之，故古之人欲有所为，未尝不先之以征诛而后得其意。《诗》曰："是伐，是肆，是绝，是忽，四方以无拂。"②此言文王先征诛而后得意于天下也。夫先王欲立法度，以变衰坏之俗而成人之才，虽有征诛之难，犹忍而为之。以为不若是不可以有为也。及至孔子，以匹夫游诸侯，所至则使其君臣捐所习，逆所顺，强所劣，憧憧③如也，卒困于排逐。然孔子亦终不为之变，以为不如是，不可以有为。此其所守，盖与文王同意。夫在上之圣人，莫如文王，在下之圣人，莫如孔子，而欲有所施为变革，则其事盖如此矣。今有天下之势，居先王之位，创立法制，非有征诛之难也；虽有侥幸之人不悦而非之，固不胜天下顺悦之人众也；然而一有流俗侥幸不悦之言，则遂止而不敢为者，惑也。陛下诚有意乎成天下之才，则臣又愿断之④而已。

---

①龃龉（jǔ yǔ）：谓齿不正而参差出入也。引申之，凡意见不相合亦曰龃龉。　②拂：音佛，戾也。四方以无拂：言无复佹戾者也。　③憧憧：意不定也。　④断之：详细地推论剖析事情的原委。

夫虑之以谋，计之以数，为之以渐，而又勉之以成，断之以果，然而犹不能成天下之才，则以臣所闻，盖未有也。然臣之所称，流俗之所不讲，而今之议者，以谓迂阔而熟烂者也①。窃观近世士大夫，所欲悉心力耳目以补助朝廷者有矣。彼其意，非一切利害，则以为当世所能行者。士大夫既以此希世②，而朝廷所取于天下之士，亦不过如此。至于大伦大法、礼义之际，先王之所力学而守者，盖不及也。一有及此，则群聚而笑之，以为迂阔。今朝廷悉心于一切之利害，有司法令于刀笔之间③，非一日也。然其效可观矣。则夫所谓迂阔而熟烂者，惟陛下亦可以少留神而察之矣。

昔唐太宗正观④之初，人人异论，如封德彝⑤之徒，皆以为非杂用秦、汉之政，不足以为天下。能思先王之事，开太宗者，魏文正公⑥一人尔。其所施设，虽未能尽当先王之意，抑其大略，可谓合矣。故能以数年之间，而天下几致刑措⑦，中国安宁，蛮夷顺服，自三王以来，未有如此盛时也。唐太宗之初，天下之俗，犹今之世也，魏文正公之言，固当时所谓迂阔而熟烂者也，然其效如此。贾谊⑧曰："今或言德教之不如法令，胡不引商、周、秦、汉以观之？"然则唐太宗之事，亦足以观矣。

---

①迂阔而熟烂者：陈词滥调，过时的东西。　②希世：迎合世俗。　③法令于刀笔之间：谓一切事情都照既定条文办理。　④正观：即贞观，唐太宗年号。　⑤封德彝：唐勃海人。名伦，以字显，官至右仆射。　⑥魏文正公：名徵，字玄成，唐曲城人。事唐太宗，敢犯颜直谏，凡上二百余奏，无不恺切，太宗敬惮之。　⑦刑措：民不犯法，刑废而不用也。　⑧贾谊：汉洛阳人。文帝召为博士，迁至大中大夫。后为大臣所

忌，出为长沙王太傅。迁梁王太傅而卒。

臣幸以职事归报陛下，不自知其驽下①无以称职，而敢及国家之大体者，以臣蒙陛下任使而当归报。窃谓在位之人才不足，而无以称朝廷任使之意；而朝廷所以任使天下之士者，或非其理，而士不得尽其才，此亦臣使事之所及，而陛下之所宜先闻者也。释此不言，而毛举②利害之一二，以污陛下之聪明，而终无补于世，则非臣所以事陛下惓惓③之义也。伏惟陛下详思而择其中，天下幸甚！

①驽下：智虑愚钝，能力低下。　②毛举：喻物之细碎者。　③惓惓：同“拳拳”，恳切。

上时政疏

臣窃观自古人主，享国①日久，无至诚、恻怛、忧天下之心，虽无暴政、虐刑加于百姓，而天下未尝不乱。自秦以下，享国日久者，有晋之武帝②、梁之武帝③、唐之明皇④。此三帝者，皆聪明、智略、有功之主也。享国日久，内外无患，因循苟且，无至诚、恻怛、忧天下之心，趋过目前，而不为久远之计。自以祸灾可以无及其身，往往身遇灾祸，而悔无所及。虽或仅得身免，而宗庙⑤固已毁辱；而妻子固已困穷；天下之民，固已膏血涂草野，而生者不能自脱于困饿、劫束之患矣。夫为人子孙，使其宗庙毁辱，为人父母，使其比屋⑥死亡，此岂仁孝之主所宜忍者乎？然而晋、梁、唐之三帝，以晏然⑦致此者，自以为其祸灾可以不至于此，而不自知忽然已至也。

---

①享国：谓天子在位之年也。　②晋武帝：晋孝武帝司马曜。　③梁武帝：姓萧，名衍，兰陵人。初仕齐，后灭齐，自立为帝，国号梁。帝博学能文，初即位，政治甚有可观。后崇信佛教，侯景反，饿死台城。　④唐明皇：姓李，名隆基。英武有才略。初即位，政治之佳，媲隆贞观。后因任用李林甫、杨国

忠，致安禄山作乱，国几亡。　⑤宗庙：古时天子诸侯祀其先人之所也。　⑥比屋：相并之屋也。此处形容死亡之多。⑦晏然：安逸也。

盖夫天下至大器①也，非大明法度不足以维持②，非众建贤才不足以保守。苟无至诚、恻怛、忧天下之心，则不能询考贤才，讲求法度。贤才不用，法度不修，偷假岁月，则幸或可以无他；旷日持久③，则未尝不终于大乱。

---

①大器：指天子之位而言。　②维持：谓维系之使不至于败坏也。　③旷日持久：谓空废时日，相持过久也。

伏惟皇帝陛下，有恭俭之德，有聪明、睿智之才，有仁民、爱物之意。然享国日久矣，此诚当恻怛、忧天下，而以晋、梁、唐三帝为戒之时。以臣所见：方今朝廷之位，未可谓能得贤才；政事所施，未可谓能合法度；官乱于上，民贫于下；风俗日以薄，财力日以困穷；而陛下高居深拱①，未尝有询考讲求之意。此臣所以窃为陛下计，而不能无慨然者也。

---

①高居深拱：谓天子安居宫中也。

夫因循苟且，逸豫①而无为，可以侥幸一时，而不可以旷日持久。晋、梁、唐三帝者，不知虑此，故灾稔[2]祸变，生于一时，则虽欲复询考讲求以自救，而已无所及矣。以古准今[3]，则天下安危治乱，尚可以有为。有为之时，莫急于今日。过今日，则臣恐亦有无所及之悔矣。然则以至诚询考，而众建贤才，以至诚讲求，而大明法度，陛下今日其可以不汲汲[4]乎？《书》曰："若药不瞑眩，厥疾弗瘳。"[5]臣愿陛下以终身之狼疾[6]为忧，而不以一日之瞑眩为苦。臣既蒙陛下采擢[7]，使备从官，朝廷治乱安危，臣实预其荣辱，此臣所以不敢避进越[8]之罪，而忘尽规之义。伏惟陛下深思臣言，以自警戒，则天下幸甚！

---

①逸豫：安乐也。　②灾稔：犹言荒年也。　③准：标准也。以古准今：犹言以古为标准而推今之事也。　④汲汲：欲速之意。　⑤若药不瞑眩，厥疾弗瘳：犹言药不苦口，不能治病也。　⑥狼疾：意本《孟子》"养其一指，而失其肩背而不知也，则为狼疾人也"句。朱注谓狼善顾，疾则不能，故以为失肩背之喻。　⑦采擢：犹言选择而拔其良也。　⑧越：逾也。

论馆职劄子

臣伏见今馆职①一除，乃至十人。此本所以储②公卿之材也。然陛下试求以为讲官③，则必不知其谁可；试求以为谏官④，则必不知其谁可；试求以为监司⑤，则必不知其谁可。此患在于不亲考试以实故也。《孟子》曰："国人皆曰贤，然后察之。见贤焉，然后用之。"今所除馆职，特一二大臣以为贤而已，非国人皆曰贤。国人皆曰贤，尚未可信用，必躬察见其可贤而后用。况于一二大臣以为贤而已，何可遽⑥信而用也？

---

①馆职：《宋史·职官志》以史馆、昭文馆、集贤院为三馆。直阁，直院，则谓之馆职。　②储：蓄也，备也。　③讲官：为经筵讲官之省称。经筵为天子研究经史之所，臣僚受命讲解者为经筵讲官。宋时侍读、侍讲、崇政殿说书等皆为经筵讲官。　④谏官：司谏诤之官也。　⑤监司：监察州郡之官也。宋置转运使监察各路。　⑥遽：即也。

臣愿陛下察举众人所谓材良而行美，可以为公卿者，召令三馆祗候①，虽已带馆职，亦可令兼祗候。事有当论议者，召至中书②，或召至禁中③，令具条奏是非利害，及所当设施之方。及察其才可以备任使者，有四方之事，则令往相视问察，而又或令参覆④其所言是非利害。其所言是非利害，虽不尽中义理可施用，然其于相视问察能详尽而不为蔽欺者，即皆可以备任使之才也。其有经术者，又令讲说。如此至于数四，则材否略见。然后罢其否者而召其材者，更亲访问以事。访问以事，非一事而后可以知其人之实也，必至于期年，所访一二十事，则其人之贤不肖审矣。然后随其材之所宜任使。其尤材良行美可与谋者，虽尝令备访问可也。此与用一二大臣荐举，不考试以实而加以职，固万万不侔⑤。

---

①三馆：宋因唐，设三馆。昭文馆、集贤院、史馆是也。祇候：为阁门祇候之省称。宋置东上阁门使、副使、阁门通事舍人、阁门祇候等。　②中书：官署名，宋置三省，中书其一也。③禁中：即天子所居之处也。此称始于汉言门户有禁非侍御之臣不得入也。　④参覆：犹言详参而覆察之也。　⑤侔：类也。

然此说在他时或难行，今陛下有尧、舜之明，洞见天下之理，臣度无实之人不能蔽也，则推行此事甚易。既因考试可以出材实，又因访问可以知事情，所谓“敷纳以言，明试以功①”，“用人惟己②”，“辟四门，明四目，达四聪”③

者，盖如此而已。以今在位乏人，上下壅隔之时，恐行此不宜在众事之后也。

---

①敷纳以言，明试以功：句本《尚书》，意谓使各陈其为治之说，言之善者则从而明考其功。敷纳之“纳”字，《尚书》作“奏”字。　②用人惟己：句本《尚书》，意谓人之有善者无不容也。　③辟四门，明四目，达四聪：句本《尚书》，意谓辟四方之门以延天下之贤俊，广四方之视听以决天下之壅蔽也。

然巧言、令色、孔壬①之人，能伺人主意所在而为倾邪者，此尧、舜之所畏，而孔子之所欲远也。如此人当知而远之，使不得亲近。然如此人亦有数。陛下博访于忠臣、良士，知其人如此，则远而弗见；误而见之，以陛下之仁圣，以道揆②之，以人参之，亦必知其如此。知其如此，则宜有所惩。如此则巧言、令色、孔壬之徒消，而正论不蔽于上。

---

①孔壬：大奸佞也。　②揆（kuí）：推测揣度。

今欲广闻见，而使巧言、令色、孔壬之徒得志，乃所以自蔽。畏巧言、令色、孔壬之徒为害，而一切疏远群臣，亦所以自蔽。盖人主之患，在不穷理。不穷理，则不足以知言。不知言，则不足以知人。不知人，则不能官人。不能官人，则治道何从而兴乎？陛下尧、舜之主也。其所明见，秦、汉以来欲治之主，未有能仿佛者，固非群臣所能窥望。然自尧、舜、文、武，皆好问以穷理，择人而官之，以自助其意。以为王者之职，在于论道，而不在于任事；在于择人而官之，而不在于自用。愿陛下以尧、舜、文、武为法，则圣人之功，必见于天下。至于有司丛脞[1]之务，恐不足以弃日力[2]，劳圣虑也。以方今所急为在于此，敢不尽愚。

①丛脞（cuǒ）：琐碎也。 ②日力：犹言光阴。

臣愚才薄，然蒙拔擢，使豫闻天下之事，圣旨宣谕富弼[1]等，欲于讲筵召对辅臣[2]，讨论时事。顾如臣者，才薄不足以望陛下之清光。然陛下及此言也，实天下幸甚。自备位政府，每得进见，所论皆有司丛脞之事。至于大体，粗有所及，则迫于日晷[3]，已复旅退[4]。而方今之事，非博论详说，令所改更施设，本末先后、小大详略之方，已熟于圣心，然后以次奉行，则治道终无由兴起。然则如臣者，非蒙陛下赐之从容，则所怀何能自竭？盖自古大有为之君，未有不始于忧勤而终于逸乐。今陛下仁圣之质，秦、汉以来人主，未有企及者也；于天下事，又非不忧勤；然所操或非其要，所施或未得其方，则恐未能终于逸乐，无为而治也。则于博论详说岂宜缓？然陛下欲赐之从容，使两府[5]并进，则论议者众而不一，有所怀者，或不得自竭。谓宜使中书、密院[6]迭进[7]，则人各得尽其所怀，而陛下听览亦不至于烦。

陛下即以臣言为可，乞明喻大臣，使各举所知，无限人数，皆实封以闻。然后陛下推择，召置以为三馆祗候，其不足取者，旋即罢去，则所置虽多，亦无所害也。

---

①富弼：宋河南人，字彦国。少笃学有大志。仕仁宗、神宗两朝。 ②辅臣：辅弼之臣，天子之左右大臣也。 ③日晷：日影也。迫于日晷：犹今言限于时间也。 ④旅：众也。旅退：犹言与众人共退也。 ⑤两府：宋以中书省与枢密院为两府。 ⑥密院：官署名。唐代宗始以宦官为枢密使。宋以枢密院与中书省分掌文武之权，文由中书省，武由枢密院。 ⑦迭进：犹言轮流更换而进也。

进 戒 疏①

臣窃以为陛下既终亮阴②，考之于经，则群臣进戒之时。而臣待罪近司，职当先事有言者也。

---

①宋神宗熙宁二年，神宗除英宗之丧时所进者也。 ②亮阴：天子居丧也。亦作“谅阴”，亦作“亮暗”。汉时，士大夫居丧，亦有用之者，后世始专属于天子。

窃闻孔子论为邦，先放郑声①，而后曰远佞人②；仲虺③称汤之德，先不迩声色④，不殖货利⑤，而后曰用人惟己。盖以谓不淫⑥耳目于声色玩好之物，然后能精于用志；能精于用志，然后能明于见理；能明于见理，然后能知人；能知人，然后佞人可得而远，忠臣、良士与有道之君子类进于时，有以自竭⑦；则法度之行，风俗之成，甚易也。若夫人主虽有过人之材，而不能早自戒于耳目之欲，至于过差，以乱其心之所思，则用志不精；用志不精，则见理不明；见理不明，则邪说、诐行⑧必窥间乘殆⑨而作；则其至于危乱也岂难哉？

---

①郑：周春秋时诸侯之一。郑声：谓郑国之音，其声淫也。 ②远佞人：远口辞捷给之人也。 ③仲虺：汤之相也。 ④不迩声色：谓不近音乐女色也。 ⑤不殖货利：谓不聚货财也。 ⑥淫：惑也。 ⑦自竭：谓自竭其力以效忠也。 ⑧诐行：不正之行为也。 ⑨殆：危也，疲也。乘殆：犹言乘隙而入也。

伏惟陛下即位以来，未有声色玩好之过闻于外。然孔子圣人之盛，尚自以为七十而后敢从心所欲①也。今陛下以鼎盛之春秋②，而享天下之大奉③，所以惑移耳目者为不少矣。则臣之所豫虑，而陛下之所深戒，宜在于此。天之生圣人之材甚吝，而人之值圣人之时甚难。天既以圣人之材付陛下，则人亦将望圣人之泽于此时。伏惟陛下自爱以成德，而自强以赴功④，使后世不失圣人之名，而天下皆蒙陛下之泽，则岂非可愿之事哉？臣愚不胜惓惓，唯陛下恕其狂妄而幸赐省察！

---

①七十而后敢从心所欲，意本《论语》。孔子自述其修德进业与年俱进之经历时之言“七十而从心所欲，不逾矩”。 ②春秋：年龄也。鼎盛之春秋，犹言“方当壮年”也。 ③大奉：谓以天下奉一人也。 ④赴功：犹言趋向成功之路也。

本朝百年无事劄子

臣前蒙陛下问及，本朝所以享国百年，天下无事之故。臣以浅陋，误承圣问，迫于日晷，不敢久留，语不及悉，遂辞而退。窃惟念圣问及此，天下之福；而臣遂无一言之献，非近臣①所以事君之义，故敢昧冒而粗有所陈。

---

①近臣：左右侍从之臣也。

伏惟太祖①躬上智独见之明，而周知②人物之情伪；指挥付托，必尽其材；变置施设，必当其务。故能驾驭将帅，训齐③士卒；外以扞④夷狄，内以平中国。于是除苛赋，止虐刑，废强横之藩镇⑤，诛贪残之官吏，躬以简俭为天下先。其于出政发令之间，一以安利元元为事。太宗⑥承之以聪武，真宗⑦守之以谦仁，以至仁宗、英宗⑧，无有逸德⑨。此所以享国百年而天下无事也。

---

①太祖：宋之创业君也。姓赵，名匡胤。　②周知：详知也。　③训齐：犹言训练而整齐之也。　④扞：抵也。⑤废强横之藩镇：宋太祖一日召石守信、王审琦等饮酒，谓之

曰："作天子不易，不如为节度使之乐。何不释去兵权，出守大藩，为子孙市田宅，歌舞饮酒，上下两无猜嫌，以终天年乎？"次日，石、王等皆称疾乞归。此云废者，废藩镇之实权也。⑥太宗：太祖之弟，名光义，嗣太祖为天子。　⑦真宗：太宗之子，名恒，嗣太宗为天子。　⑧英宗：太宗子，名曙，嗣仁宗为天子。　⑨逸德：失德也。

仁宗在位，历年最久。臣于时实备从官①，施为本末，臣所亲见。尝试为陛下陈其一二，而陛下详择其可，亦足以申鉴于方今。

---

①臣于时实备从官：仁宗时，安石曾任三司度支判官。

伏惟仁宗之为君也，仰畏天，俯畏人，宽、仁、恭、俭出于自然，而忠、恕、诚、悫①终始如一；未尝妄兴一役②，未尝妄杀一人，断狱务在生之，而特恶吏之残扰，宁屈己弃财于夷狄，而终不忍加兵。刑平而公，赏重而信。纳用谏官、御史，公听并观，而不蔽于偏至之谗；因任众人耳目，拔举疏远，而随之以相坐之法③。

---

①悫（què）：诚实。　②役：使也。古时天子有所兴筑战争，皆使民为之。　③相坐之法：举人不实，坐之以罪也。

盖监司之吏，以至州县，无敢暴虐残酷，擅有调发[①]，以伤百姓；自夏人[②]顺服，蛮夷遂无大变，边人父子、夫妇，得免于兵死。而中国之人，安逸蓄息，以至今日者，未尝妄兴一役，未尝妄杀一人，断狱务在生之，而特恶吏之残扰，宁屈己弃财于夷狄，而不忍加兵之效也。

---

①调发：征发也。　②夏人：即西夏，姓拓跋。唐赐姓李。世为夏州节度使。至元昊时，称帝，据有甘肃西北部，及内蒙古鄂尔多斯、阿拉善等。

大臣贵戚，左右近习，莫敢强横犯法，其自重慎，或甚于闾巷之人，此刑平而公之效也。

募天下骁雄横猾[①]以为兵，几至百万，非有良将以御之，而谋变者辄败；聚天下财物，虽有文籍，委之府史[②]，非有能吏以钩考[③]，而断盗者辄发；凶年饥岁，流者填道，死者相枕，而寇攘[④]者辄得，此赏重而信之效也。

---

①猾：狡也；黠也。　②府史：犹今之书吏也。　③钩考：犹核算也。　④攘：窃也。

大臣贵戚、左右近习莫能大擅威福，广私货赂，一有奸慝[①]，随辄上闻；贪邪横猾，虽间或见用，未尝得久，此纳用谏官、御史，公听并观，而不蔽于偏至之谗之效也。

①慝（tè）：邪念也。

自县令、京官以至监司、台阁①，升擢之任，虽不皆得人，然一时之所谓才士，亦罕蔽塞而不见收举者，此因任众人之耳目，拔举疏远，而随之以相坐之法之效也。

①台阁，《后汉书》："光武皇帝政不任下，虽置三公，事归台阁。"谓尚书台出纳诏命，实有宰辅之权也。后世称阁臣曰台阁，本此。

升遐①之日，天下号恸，如丧考妣②，此宽、仁、恭、俭，出于自然，忠、恕、诚、悫，终始如一之效也。

①升遐：谓天子崩也。　　②考妣：父母已死之称。

然本朝累世因循末俗之弊，而无亲友、群臣之议；人君朝夕与处，不过宦官、女子，出而视事，又不过有司之细故，未尝如古大有为之君，与学士、大夫讨论先王之法，以措之天下也。一切因任自然之理势，而精神之运有所不加，名实之间有所不察。君子非不见贵，然小人亦得厕①其间。正论非不见容，然邪说亦有时而用。以诗赋记诵求天下之士，而无学校养成之法；以科名资历②叙朝廷之位，而无官司课试之方。监司无检察之人，守将非选择之吏。转徙之亟，既难于考绩，而游谈之众，因得以乱真。交私养望者多得显官，独立营职者或见排沮。故上下偷惰取容而已，虽有能者在职，亦无以异于庸人。农民坏于徭役，而未尝特见救恤；又不为之设官，以修其水土之利。兵士杂于疲老，而未尝申敕训练；又不为之择将，而久其疆埸之权。宿卫则聚卒伍无赖之人，而未有以变五代姑息羁縻[③]之俗。宗室[④]则无教训选举之实，而未有以合先王亲疏隆杀[⑤]之宜。其于理财，大抵无法。故虽俭约而民不富，虽忧勤而国不强。赖非夷狄昌炽之时，又无尧汤水旱之变，故天下无事，过于百年。虽曰人事，亦天助也。盖累圣相继，仰畏天，俯畏人，宽、仁、恭、俭，忠、恕、诚、悫，此其所以获天助也。

---

①厕：音测，托足其间也。　②资历：资格履历也。

③羁縻：本所以系牛马者，此处喻牵制也。　④宗室：皇族也。　⑤隆杀：犹厚薄也。

伏惟陛下躬上圣之质，承无穷之绪，知天助之不可常恃，知人事之不可怠终，则大有为之时，正在今日。臣不敢辄废将明之义，而苟逃讳忌之诛，伏惟陛下幸赦而留神，则天下之福也。取进止。

谏官论

以贤治不肖，以贵治贱，古之道也。所谓贵者何也？公卿大夫是也。所谓贱者何也？士庶人是也。同是人也，或为公卿，或为士，何也？为其不能公卿也，故使之为士；为其贤于士也，故使之为公卿。此所谓以贤治不肖，以贵治贱也。

今之谏官者，天子之所谓士也，其贵则天子之三公①也。惟三公于安危、治乱、存亡之故，无所不任其责，至于一官之废，一事之不得，无所不当言，故其位在卿大夫之上，所以贵之也。其道德必称其位，所谓以贤也。至士则不然。修一官而百官之废不可以预②也。守一事而百事之失可以毋言也。称其德，副其材，而命之以位也。循其名，傃③其分，以事其上而不敢过也。此君臣之分也，上下之道也。今命之以士，而责之以三公。士之位而受三公之责，非古之道也。孔子曰："必也正名乎！"正名也者，所以正分也。然且为之，非所谓正名也。身不能正名，而可以正天下之名者，未之有也。

---

①三公：各代不同。《书》："立太师、太傅、太保。"此

周之三公也。西汉以大司马、大司徒、大司空为三公。东汉以太尉、司徒、司空为三公。　②预：参与也。　③傃：向也，循也。

蚳蛙为士师①，孟子曰："似也，为其可以言也。"蛙谏于王而不用，致为臣而去。孟子曰："有言责者不得其言则去；有官守者不得其职则去。"然则有官守者莫不有言责，有言责者莫不有官守。士师之谏于王是也。其谏也，盖以其官而已矣，是古之道也。古者官师相规，工执艺事以谏。其或不能谏，谓之不恭，则有常刑。盖自公卿至于百工，各以其职谏，则君孰与为不善？

---

①蚳蛙：战国时人名，仕于齐。士师：官名，《周礼》秋官之属，主察狱讼之事，列国亦置之。

自公卿至于百工，皆失其职，以阿①上之所好，则谏官者，乃天子之所谓士耳，吾未见其能为也。待之以轻，而要之以重，非所以使臣之道也。其待己也轻，而取重任焉，非所以事君之道也。不得已，若唐之太宗，庶乎其或可也。虽然，有道而知命者，果以为可乎？未之能处也。唐太宗之时，所谓谏官者，与丞弼②俱进于前。故一言之谬，一事之失，可救之于将然，不使其命已布于天下，然后从而争之也。君不失其所以为君，臣不失其所以为臣，其亦庶乎其近古也。

①阿：比也，瞻徇也。　②丞弼：辅弼也，谓天子之左右大臣也。

今也上之所欲为，丞弼所以言于上，皆不得而知也。及其命之已出，然后从而争之。上听之而改，则是士制命而君听也；不听而遂行，则是臣不得其言而君耻过也。臣不得其言，士制命而君听，二者上下所以相悖而否乱之势也。然且为之，其亦不知其道矣。及其谆谆[1]而不用，然后知道之不行，其亦辨之晚矣。

①谆谆：忠谨貌。

或曰："《周官》[1]之师氏、保氏[2]、司徒之属，而大夫之秩也。"曰："尝闻周公为师，而召公为保矣[3]。周官则未之学也。"

①《周官》：书名，即《周礼》，周公居摄以后所作，拟周室之官制，书而未实行者。　②师氏、保氏：均官名。《周礼》地官之属，掌以三德三行教国子。　③周公为师，召公为保：本郑康成说，谓师氏、保氏，即太师、太保，引《书·序》周公为师，召公为保作证。

伯夷论

事有出于千世之前，圣贤辩之，甚详而明，然后世不深考之，因以偏见独识，遂以为说，既失其本，而学士大夫共守之不为变者，盖有之矣。伯夷①是已。

①伯夷：人名，殷孤竹君之子。

夫伯夷，古之论有孔子、孟子焉。以孔、孟之可信而又辩之，反复不一，是愈益可信也。孔子曰："不念旧恶，求仁而得仁，饿于首阳①之下，逸民②也。"孟子曰："伯夷非其君不事，不立恶人之朝，避纣居北海之滨，目不视恶色，不事不肖，百世之师也。"故孔、孟皆以伯夷遭纣之恶，不念以怨，不忍事之以求其仁，饿而避，不自降辱③，以待天下之清，而号为圣人耳。然则司马迁④以为武王伐纣，伯夷叩马而谏，天下宗周而耻之，义不食周粟，而为《采薇》之歌⑤；韩子⑥因之，亦为之颂⑦，以为微二子，乱臣贼子，接迹于后世，是大不然也。

①首阳：山名。载籍相传有四处：一说在山西永济，一说在

河北迁安，一说在河南偃师，一说在甘肃渭源。　②逸民：遁世隐居之人也。　③降辱：降志辱身也。　④司马迁：汉人，字子长，生于龙门，作《史记》。　⑤《采薇》之歌：见《史记》，其辞曰："登彼西山兮，采其薇矣。以暴易兮，不知其非矣。神农、虞、夏忽焉没兮，我安适归矣？于嗟徂兮，命之衰矣！"　⑥韩子：谓唐韩愈也。　⑦韩愈著有《伯夷颂》。

夫商衰，而纣以不仁残天下，天下孰不病纣，而尤①者，伯夷也。尝与太公②闻西伯善养老，则往归焉。当是之时，欲夷③纣者，二人之心，岂有异邪？及武王一奋，太公相之，遂出元元于涂炭之中，伯夷乃不与，何哉？盖二老所谓天下之大老，行年八十余，而春秋固已高④矣。自海滨而趋文王之都，计亦数千里之远。文王之兴，以至武王之世，岁亦不下十数。岂伯夷欲归西伯，而志不遂，乃死于北海邪？抑来而死于道路邪？抑其至文王之都，而不足以及武王之世而死邪？如是而言伯夷，其亦理有不存者也。

---

①尤：甚也。　②太公：即太公望，姜姓吕氏，名尚，周初贤臣。　③夷：平也，灭也。　④春秋已高：谓年龄已老也。

且武王倡大义于天下，太公相而成之，而独以为非，岂伯夷乎？天下之道二：仁与不仁也。纣之为君，不仁也；武王之为君，仁也。伯夷固不事不仁之纣，以待仁而后出。武王之仁焉，又不事之，则伯夷何处乎？余故曰："圣贤辩之甚明，而后世偏见独识者之失其本也。"呜呼！使伯夷之不死，以及武王之时，其烈岂独太公哉？

三圣人论

孟子曰："可欲之谓善，有诸己之谓信，充实之谓美，充实而有光辉之谓大，大而化之之谓圣。"圣之为名，道之极、德之至也。非礼勿动，非礼勿言，非礼勿视，非礼勿听，此大贤者之事也。贤者之事如此，则可谓备矣，而犹未足以钻圣人之坚，仰圣人之高①。以圣人观之，犹太山②之于冈陵，河海之于陂泽。然则圣人之事，可知其大矣。《易》曰："与天地合其德，与日月合其明，与鬼神合其吉凶。"此盖圣人之事也。德苟不足以合于天地，明苟不足以合于日月，吉凶苟不足以合于鬼神，则非所谓圣人矣。

---

①钻圣人之坚，仰圣人之高，意本《论语》颜回赞孔子语："钻之弥坚，仰之弥高。" ②太山：即泰山，在今山东泰安北。

孟子论伯夷、伊尹①、柳下惠②，皆曰圣人也。而又曰："伯夷隘③，柳下惠不恭④。隘与不恭，君子不由也。"夫动、言、视、听苟有不合于礼者，则不足以为大贤人。而圣人之名，非大贤人之所得拟也⑤，岂隘与不恭者所得僭哉⑥？

①伊尹：名挚，商之贤相。　②柳下惠：春秋时鲁人。③隘：狭也。　④不恭：不敬也，犹言随便。　⑤拟：比也，相似也。　⑥僭：假也，拟也，谓在下者之假借比拟其上也。

盖闻圣人之言行，不苟而已，将以为天下法也。昔者伊尹制其行于天下曰："何事非君？何使非民？治亦进，乱亦进。"而后世之士，多不能求伊尹之心者，由是多进而寡退，苟得而害义。此其流风末世之弊也。圣人患其弊，于是伯夷出而矫[1]之，制其行于天下曰："治则进，乱则退。非其君不事，非其民不使。"而后世之士，多不能求伯夷之心者，由是多退而寡进，过廉而复刻。此其流风末世之弊也。圣人又患其弊，于是柳下惠出而矫之，制其行于天下曰："不羞污君，不辞小官。遗佚[2]而不怨，厄穷[3]而不悯。"而后世之士，多不能求柳下惠之心者，由是多污而寡洁，恶异而尚同。此其流风末世之弊也。

①矫：改正也。　②遗佚：不见用于时也。　③厄穷：阻塞而困穷也。

此三人者，因时之偏而救之，非天下之中道也，故久必弊。至孔子之时，三圣人之弊，各极于天下矣。故孔子集其行，而制成法于天下曰："可以速则速，可以久则久，可以仕则仕，可以处则处。"然后圣人之道大具，而无一偏之弊矣。其所以大具而无弊者，岂孔子一人之力哉？四人者相为终始也。

故伯夷不清，不足以救伊尹之弊；柳下惠不和，不足以救伯夷之弊。圣人之所以能大过人者，盖能以身救弊于天下耳。如皆欲为孔子之行，而忘天下之弊，则恶在其为圣人哉？是故使三人者，当孔子之时，则皆足以为孔子也。然其所以为之清，为之任，为之和者，时耳。岂滞①于此一端而已乎？苟在于一端而已，则不足以为贤人也，岂孟子所谓圣人哉？孟子之所谓"隘与不恭，君子不由"者，亦言其时尔。且夏之道岂不美哉？而殷人以为野。殷之道岂不美哉？而周人以为鬼。所谓隘与不恭者，何以异于是乎？

①滞：凝聚而不流通也。

当孟子之时，有教孟子枉尺直寻①者，有教孟子权以援天下②者，盖其俗有似于伊尹之弊时也。是以孟子论是三人者，必先伯夷，亦所以矫天下之弊耳。故曰："圣人之言行，岂苟而已，将以为天下法也！"

①枉尺直寻：言小屈而大伸也。　②权以援天下，意本《孟子》。淳于髡曰："男女授受不亲，礼与？"孟子曰："礼

也。”曰：“嫂溺则援之以手乎？”曰：“嫂溺不援，是豺狼也。男女授受不亲礼也，嫂溺援之以手者权也。”曰：“今天下溺矣，夫子之不援，何也？”

周公论

甚哉！荀卿[①]之好妄也！载周公之言曰：“吾所执贽[②]而见者十人，还贽而相见者三十人，貌执[③]者百有余人，欲言而请毕事千有余人。”是诚周公之所为，则何周公之小也？

①荀卿：名况，战国时赵人。　②贽：初见时所执物也，今谓之“见面礼”。　③貌执：以礼貌接待之也。

夫圣人为政于天下也，初若无为于天下，而天下卒以无所不治者，其法诚修也。故三代之制，立庠于党[①]，立序于遂[②]，立学于国，而尽其道以为养贤、教士之法。是士之贤虽未及用，而固无不见尊养者矣。此则周公待士之道也。诚若荀卿之言，则春申[③]、孟尝[④]之行，乱世之事也。岂足为周公乎？

①党：五百家也。　②遂：远郊之地也。　③春申：战国楚相黄歇封号。相楚二十余年，食客三千余人，其上客皆蹑珠履。　④孟尝：战国时齐之公族，名文，姓田氏，封于薛，孟

尝君其称号也。相齐，招致贤士，食客数千人。

且圣世①之士，各有其业。讲道，习艺，患日之不足，岂暇游公卿之门哉？彼游公卿之门，求公卿之礼者，皆战国②之奸民，而毛遂、侯嬴③之徒也。荀卿生于乱世，不能考论先王之法，著之天下，而惑于乱世之俗，遂以为圣世之事，亦若是而已，亦已过也。

---

①圣世：至治之世也。　②战国：时代名，列国战争，故曰战国。周威烈王二十三年，韩、魏、赵三家分晋，与秦、楚、齐、燕共为七国，自后至秦并六国，其间皆为战国。　③毛遂：战国时赵平原君之食客。初无所表见，秦攻赵，平原君求救于楚，遂偕行。平原君与楚王言合从，日中不决，遂按剑劫楚王，定从约归。侯嬴：战国魏之隐士。年七十，家贫，为夷门监者。信陵君置酒大会，宾客尽至，驾车自迎侯生，引之上坐，宾客皆惊。后秦围赵，求援，嬴荐朱亥于信陵君，击杀晋鄙——魏将，奉命救赵，不敢进兵——进兵却秦存赵。

且周公之所礼者，大贤与①，则周公岂唯执贽见之而已，固当荐之天子，而共天位②也。如其不贤，不足与共天位，则周公如何其与之为礼也。子产听郑国之政③，以其乘舆济人于溱、洧④。孟子曰：“惠而不知为政。”盖君子之为政，立善法于天下，则天下治；立善法于一国，则一国治。如其不能立法，而欲人人悦之，则日亦不足矣。使周公知为政，则宜立学校之法于天下矣。不知立学校，而徒能劳身以待天下之士，则不唯力有所不足，而势亦有所不得也。

---

①与：同“欤”。　②天位：朝廷之爵禄也。　③子产：春秋郑大夫公孙侨之字也。博学多闻，长于政治。郑国：春秋时诸侯之一。　④乘舆：所乘之车也。溱：水名，发源河南新密，流入贾鲁河。洧：水名，发源河南登封，亦流入贾鲁河。

或曰：“仰禄之士犹可骄，正身之士不可骄也。”夫君子之不骄，虽暗室不敢自慢，岂为其人之仰禄而可以骄乎？

呜呼！所谓君子者，贵其能不易乎世也。荀卿生于乱世，而遂以乱世之事量圣人。后世之士，尊荀卿以为大儒而继孟子者，吾不信矣。

礼　论

呜呼！荀卿之不知礼也！其言曰："圣人化性而起伪。"①吾是以知其不知礼也。知礼者，贵乎知礼之意，而荀卿盛称其法度、节奏之美，至于言化，则以为伪也，亦乌知礼之意哉？故礼始于天而成于人，知天而不知人则野，知人而不知天则伪。圣人恶其野而疾②其伪，以是礼兴焉。今荀卿以谓圣人之化性为起伪，则是不知天之过也。

①圣人化性而起伪：意谓圣人对人民实行了教化，虚伪也就随之而生。　②野：鄙俗。疾：恶也，恨也。

然彼亦有见而云尔。凡为礼者，必诎其放傲①之心，逆其嗜欲②之性。莫不欲逸，而为尊者劳；莫不欲得，而为长者让。擎跽曲拳③以见其恭。夫民之于此，岂皆有乐之之心哉？患上之恶己，而随之以刑也。故荀卿以为特劫之法度之威，而为之于外尔。此亦不思之过也。

①放傲：放肆而骄傲也。　②嗜欲：嗜好也。　③擎跽曲拳：谓行跪拜之礼。

夫斲木[1]而为之器，服马[2]而为之驾，此非生而能者也。故必削之以斧斤，直之以绳墨，圆之以规[3]，而方之以矩[4]，束联胶漆之，而后器适于用焉。前之以衔勒[5]之制，后之以鞭策之威，驰骤舒疾，无得自放，而一听于人，而后马适于驾焉。由是观之，莫不劫之于外，而服之以力者也。然圣人舍木而不为器，舍马而不为驾者，固亦因其天资之材也。今人生而有严父、爱母之心，圣人因其性之欲而为之制焉。故其制虽有以强人，而乃以顺其性之欲也。圣人苟不为之礼，则天下盖将有慢其父而疾其母者矣。此亦可谓失其性也？得性者以为伪，则失其性者，乃可以为真乎？此荀卿之所以为不思也。

---

①斲（zhuó）木：砍木也。　②服马：驯服马也。　③规：画圆之器也。　④矩：画方之器也。　⑤衔勒：马勒口，所以制驭马之行止者也。

夫狙[1]猿之形，非不若人也。欲绳之以尊卑，而节之以揖让，则彼有趋于深山大麓而走耳。虽畏之以威而驯之以化，其可服邪？以谓天性无是而可以化之使伪耶？则狙猿亦可使为礼矣。故曰：“礼始于天而成于人。”天则无是，而人欲为之者，举天下之物，吾盖未之见也。

---

①狙：猿属。

原　过

天有过乎？有之，陵、历、斗、蚀①是也。地有过乎？有之，崩弛、竭塞②是也。天地举③有过，卒不累覆且载④者何？善复常也。人介乎天地之间，则固不能无过，卒不害圣且贤者何？亦善复常也。故太甲思庸⑤，孔子曰勿惮改过，扬雄贵迁善⑥，皆是术也。

①陵、历、斗、蚀：句出《前汉书·天文志》。韦昭注："经之为历，突掩为陵，星相击为斗，亏败曰蚀。"　②崩弛：谓山脉坏而废也。竭塞：谓河流竭而塞也。　③举：皆也。　④覆且载：谓天覆而地载也。　⑤太甲思庸，意本《书·序》："太甲既立，不明，伊尹放诸桐。三年复归于亳，思庸。伊尹作《太甲》三篇。"太甲：太丁之子也。庸：常道也。　⑥扬雄贵迁善，意本《法言》："是以君子贵迁善。迁善也者，圣人之徒欤？"

予之朋，有过而能悔，悔而能改，人则曰："是向之从事云尔。今从事与向之从事弗类，非其性也，饰表以疑世也。"夫岂知言哉？

天播五行于万灵，人固备而有之。有而不思则失，思而不行则废。一日咎前之非，沛然思而行之，是失而复得，废而复举也。顾曰非其性，是率天下而戕性[1]也。

---

①戕：贼也，害也。戕性：犹言贼害本性也。

且如人有财，见篡[1]于盗，已而得之，曰："非夫人之财，向篡于盗矣。"可欤？不可也。财之在己，固不若性之为己有也。财失复得，曰非其财且不可。性失复得，曰非其性可乎？

---

①篡：夺取也。

进说

古之时，士之在下者无求于上；上之人，日汲汲惟恐一士之失也。古者士之进，有以德，有以才，有以言，有以曲艺①。今徒不然，自茂才等而下之。至于明法，其进退之皆有法度。古之所谓德者、才者，无以为也。古之所谓言者，又未必应今之法度也。诚有豪杰不世出之士，不自进乎此，上之人弗举也。诚进乎此，而不应今之法度，有司弗取也。夫自进乎此，皆所谓枉己者也。孟子曰："未有枉己能正人者也。"然而今之士，不自进乎此者未见也。岂皆不如古之士，自重以有耻乎？

①曲艺：技能之小者也。

古者井①天下之地而授之氓②。士之未命也，则授一廛③而为氓。其父母、妻子裕如④也。自家达国，有塾，有序，有庠，有学，观游止处，师师友友，弦歌尧、舜之道自乐也。磨砻镌切⑤，沉浸灌养，行完而才备，则曰："上之人其舍我哉？"上之人其亦莫之能舍也。

今也地不井，国不学，党不庠，遂不序，家不塾。士之未命也，则或无以裕父母、妻子，无以处行完而才备。上之人亦莫之举也，士安得而不自进？呜呼！使今之士不若古，非人则然，势也！势之异，圣贤之所以不得同也。孟子不见王公，而孔子为季氏吏⑥，未不以势乎哉？

---

①井天下之地：谓以井田之法划分天下之地也。 ②氓：民也。 ③廛（chán）：一户平民所住的房屋。 ④裕如：宽舒貌。 ⑤磨砻镌切：磨砺切磋。 ⑥孔子为季氏吏，《史记·孔子世家》："孔子贫且贱，及长，尝为季氏吏，料量平。"

士之进退，不惟其德与才，而惟今之法度。而有司之好恶，未必今之法度也。是士之进，不惟今之法度，而几在有司之好恶耳。今之有司，非昔之有司也。后之有司，又非今之有司也。有司之好恶岂常哉？是士之进退，果卒无所必①而已矣。噫！以言取人，未之失也；取焉而又不得其所谓言，是失之失也！况又重以有司好恶之不可常哉？古之道，其卒不可以见乎士也！有得已之势，其得不已乎？得已而不已，未见其为有道也。

杨叔明之兄弟，以父任皆京官，其势非吾所谓无以处无以裕父母妻子，而有不得已焉者也。自枉而为进士，而又枉于有司，而又若不释然。二君固常自任以道，而且朋友我矣，惧其犹未寤也，为《进说》与之。

①卒无所必：意谓士子的进取，最终总无法找到一个恒定的尺度。

复仇解

或问复仇，对曰："非治世之道也。明天子在上，自方伯[①]、诸侯以至于有司，各修其职，其能杀不辜[②]者少矣。不幸而有焉，则其子弟以告于有司；有司不能听，以告于其君；其君不能听，以告于方伯；方伯不能听，以告于天子；则天子诛其不能听者，而为之施刑于其仇。乱世则天子、诸侯、方伯皆不可以告。故《书》说纣曰：'凡有辜罪，乃罔恒获。小民方兴，相为敌仇。'[③]盖仇之所以兴，以上之不可告，辜罪之不常获也。方是时，有父兄之仇而辄杀之者，君子权其势，恕其情而与之，可也。故复仇之义，见于《春秋传》[④]，见于《礼记》，为乱世之为子弟者言之也。

①方伯：一方诸侯之长也。 ②不辜：无罪也。 ③句谓凡有罪之人，恒不能获之以治罪，以至小民自相仇杀也。 ④《春秋传》：传《春秋》者有公羊、谷梁、左氏三家。

"《春秋传》以为父受诛[①]，子复仇，不可也。此言不敢以身之私而害天下之公。又以为父不受诛[②]，子复仇可也。此言不以有可绝之义，废不可绝之恩也。《周官》之说曰：‘凡复仇者，书于士，杀之无罪。’[③]疑此非周公之法也。凡所以有复仇者，以天下之乱，而士之不能听也。有士矣，不使听其杀人之罪以施行，而使为人之子弟者仇之，然则何取于士而禄之也？古之于杀人，其听之可谓尽矣，犹惧其未也，曰：‘与其杀不辜，宁失不经。’[④]今书于士则杀之无罪，则所谓复仇者，果所谓可仇者乎？庸讵[⑤]知其不独有可言者乎？就当听其罪矣，则不杀于士师[⑥]，而使仇者杀之，何也？故疑此非周公之法也。”

---

①父受诛：犹言父罪当诛也。　②父不受诛：犹言父罪不当诛也。　③语出《周礼》注。士：士师也。谓同国不相避者，将报之，必先言之于士也。　④语出《尚书》，谓与其杀无罪者，宁失之不按照法律办也。　⑤庸讵：安也，岂也。⑥士师：上古掌禁令刑狱的官。

或曰：“世乱而有复仇之禁，则宁杀身以复仇乎？将无复仇而以存人之祀乎！”

曰：“可以复仇而不复，非孝也。复仇而殄祀[①]，亦非孝也。以仇未复之耻，居之终身焉，盖可也。仇之不复者，天也。不忘复仇者，己也。克己以畏天，心不忘其亲，不亦可矣。”

---

①殄：灭。殄祀：即“殄世”，断绝后世子孙。

《周礼义》序

士弊于俗学[①]久矣，圣上闵焉，以经术造之，乃集儒臣，训释厥旨，将播之校学[②]。而臣某实董[③]《周官》。

---

①俗学：世俗之学也。　②校学：学校也。　③董：督也。

惟道之在政事，其贵贱有位，其后先有序，其多寡有数，其迟数有时。制而用之存乎法，推而行之存乎人。其人足以任官，其官足以行法，莫盛乎成周之时。其法可施于后世，其文有见于载籍[①]，莫具乎《周官》之书。盖其因习以崇之，赓续[②]以终之。至于后世，无以复加。则岂特文、武、周公之力哉？犹四时之运，阴阳积而成寒暑，非一日也。

---

①载籍：书也。　②赓续：继续也。

自周之衰以至于今，历岁千数百矣，太平之遗迹，扫荡几尽。学者所见，无复全经。于是时也，乃欲训而发之，臣诚不自揆，然知其难也。以训而发之之为难，则又以知夫立政造事，追而复之之为难。然窃观圣上致法就功，取成于心，训迪[1]在位，有冯有翼[2]，亹亹[3]乎乡六服承德之世矣。以所观乎今，考所学乎古，所谓见而知之者，臣诚不自揆，妄以为庶几焉。故遂冒昧自竭，而忘其材之弗及也。谨列其书为二十有二卷[4]，凡十余万言，上之御府[5]，副在有司，以待制诏颁焉。谨序。

---

①训迪：教训而启迪之也。　②冯（píng）：可为依者也。翼：可为辅者也。有冯有翼：意谓有所凭依，有所辅佐。③亹亹（wěi）：勤勉不倦貌。　④二十二卷：《周礼》今本四十二卷，兹云二十二卷，或系安石新义另编之卷数。　⑤御府：天子之府也。

《书义》序

熙宁①二年，臣某以《尚书》入侍②，遂与政。而子雱③实嗣讲事④，有旨为之说以献。八年，下其说太学，班⑤焉。

①熙宁：宋神宗年号。　②《尚书》入侍：神宗即位，召安石为翰林学士，兼侍讲。二年，遂参知政事。此《尚书》，乃书名。　③雱：字元泽，受诏注《诗》《书》义，擢天章阁待制，兼侍讲，寻迁龙图阁直学士，早卒。　④讲事：指兼侍讲而言也。　⑤班：颁行也。

惟虞、夏、商、周之遗文，更秦而几亡①，遭汉而仅存②。赖学士大夫诵说，以故不泯③。而世主莫或知其可用。天纵④皇帝大知，实始操之以验物，考之以决事，又命训其义，兼明天下后世，而臣父子以区区所闻，承乏与荣焉。然言之渊懿⑤而释以浅陋，命之重大而承以轻眇，兹荣也，祇所以为愧也欤？谨序。

①更秦而几亡：谓经秦始皇焚书，而虞夏商周之遗文几亡也。　②遭汉而仅存：谓汉初，济南伏生口授晁错二十八篇，

号今文《尚书》。后鲁恭王坏孔子旧宅，壁中得竹简《尚书》。③泯：灭也。　④纵：肆也。天纵：犹言不可限量也。　⑤渊懿：深美也。

《诗义》序

《诗》三百十一篇，其义具存。其辞亡者，六篇而已。上既使臣雱训其辞，又命臣某等训其义。书成，以赐太学，布之天下，又使臣某为之序。谨拜手稽首言曰：

诗上通乎道德，下止乎礼义。放①其言之文，君子以兴焉。循其道之序，圣人以成焉。然以孔子之门人②，赐③也，商④也，有得于一言，则孔子悦而进之⑤。盖其说之难明如此，则自周衰以迄于今，泯泯纷纷⑥，岂不宜哉？

---

①放：依也。　②门人：古谓再传弟子曰门人，谓受业于其门也。后世门人与弟子无别，此处门人即作弟子解。　③赐：姓端木，字子贡。　④商：姓卜，字子夏。　⑤有得于一言，则孔子悦而进之：谓子贡问贫富而悟切磋琢磨，子夏问素绚而知礼后，孔子俱褒之也。　⑥泯泯：茫茫也。纷纷：乱也。

伏惟皇帝陛下，内德纯茂，则神罔时恫①；外行恂②达，则四方以无侮；日就月将③，学有缉熙④于光明，则《颂》之所形容，盖有不足道也。微言奥义，既自得之，又命承学之臣，训释厥遗，乐与天下共之。顾臣等所闻，如爝火⑤

焉，岂足以赓日月之余光！姑承明制，代匮[6]而已。《传》曰："美成在久。"故《棫朴》之作人，以寿考为言[7]，盖将有来者焉。追琢其章[8]，缵[9]圣志而成之也。臣衰且老矣，尚庶几及见之。谨序。

---

①恫：痛也。 ②恂：信也。 ③将：行也。 ④缉：继续也。熙：光明也。 ⑤爝火：荧荧然小火也。 ⑥代匮：犹言承乏也。 ⑦《棫朴》：《诗·大雅》篇名。中有"周王寿考遐不作人"句。作人：谓文王培养人材也。 ⑧追琢其章：亦《棫朴》篇中句。追琢：雕琢也。意谓雕琢之使成文，喻文王之政也。 ⑨缵：继也。

读《孔子世家》①

太史公②叙帝王则曰"本纪"，公侯传国则曰"世家"，公卿特起则曰"列传"，此其例也。其列孔子为世家，奚其进退无所据邪？

---

①《史记》有《孔子世家》。　②太史公：谓汉司马迁也。

孔子，旅人①也，栖栖②衰季③之世，无尺土之柄。此列之以传宜矣，曷为世家哉？岂以仲尼躬将圣④之资，其教化之盛，舄奕⑤万世，故为之世家以抗之？又非极挚之论也。夫仲尼之才，帝王可也，何特公侯哉？仲尼之道，世天下可也，何特世其家哉？

---

①旅人：旅客也，谓孔子周游列国，如旅客之仆仆道路也。②栖栖：往来貌。　③季：末也。　④将圣：大圣也。⑤舄奕：光耀流行貌。

处之世家，仲尼之道不从而大；置之列传，仲尼之道不从而小，而迁也自乱其例，所谓多所牴牾[1]者也。

---

①牴牾（dǐ wǔ）：抵触也。

读《孟尝君传》[1]

世皆称孟尝君能得士，士以故归之，而卒赖其力，以脱于虎豹之秦[2]。嗟乎！孟尝君特鸡鸣狗盗之雄[3]耳，岂足以言得士！不然，擅齐之强，得一士焉，宜可以南面[4]而制秦，尚何取鸡鸣狗盗之力哉？夫鸡鸣狗盗之出其门，此士之所以不至也。

---

①《史记》有《孟尝君列传》。　②孟尝君囚于秦，求秦昭王之爱姬为之解说。姬欲得孟尝君之白狐裘。时裘已献昭王，客有能为狗盗者，乃窃以献爱姬。既得脱，至函谷关，关法，鸡鸣出客。时未至，孟尝君不能出，客有能为鸡鸣者，一鸣，邻鸡尽鸣，孟尝君乃得出。　③雄：长也。　④南面：王天下也。

书《刺客传》[1]后

曹沫[2]将而亡人之城，又劫天下盟主[3]，管仲[4]因勿倍以市信一时可也。

①《史记》有《刺客列传》。　②曹沫：春秋时鲁人，为庄公将，与齐战，三北，鲁献地于齐以和。　③齐桓公伐鲁，鲁庄公请成，会于柯。沫以匕首劫桓公，尽反鲁之侵地。　④管仲：春秋齐桓公之相，名夷吾。

予独怪智伯国士豫让[1]，岂顾不用其策耶？让诚国士也，曾不能逆策三晋[2]。救智伯之亡，一死区区，尚足校哉？其亦不欺其意者也。

①智伯：即荀瑶，为春秋时晋六卿之一。豫让：晋人。赵、魏、韩灭智氏，让变姓名，谋报仇，累刺赵襄子未成。尝曰：“智伯以国士遇我，我故以国士报之。”后为赵襄子所获，自杀。　②逆策：预料也。三晋：春秋末，韩、魏、赵三卿公晋自立为诸侯，后世因称韩、魏、赵为三晋。

聂政售于严仲子①，荆轲豢于燕太子丹②，此两人者，污隐困约之时，自贵其身，不妄愿知，亦曰有待焉。彼挟道德以待世者，何如哉？

---

①聂政：战国轵人。严仲子与韩相侠累有隙，厚结政，使政刺侠累。政以母在不许。母死，为仲子刺杀侠累，遂自杀。

②荆轲：战国时魏人。初燕太子丹，为质于秦。既自秦亡归，怨秦王，欲报之。求得荆轲厚遇之。使荆轲刺秦王。未中，轲被杀。

书《李文公集》[1]后

文公非董子[2]，作《仕不遇赋》，惜其自待不厚。以予观之，《诗》三百，发愤于不遇者甚众。而孔子亦曰："凤鸟不至，河不出图。吾已矣夫！"[3]盖叹不遇也。文公论高如此，及观于史，一不得职，则诋宰相以自快[4]。今吾于人也，"听其言而观其行"[5]，言不可独信久矣。

---

①李文公：唐人，名翱，字习之。以进士为国子博士，史馆修撰。著有《李文公集》十八卷。　②董子：即董仲舒，汉武帝时人。　③语见《论语》。　④翱性峭鲠，仕不得显官，怫郁无所发，见宰相李逢吉，面斥其过。出为庐州刺史。　⑤语见《论语》。

虽然，彼宰相名实固有辩。彼诚小人也，则文公之发，为不忍于小人可也。为史者，独安取其怒之以失职耶？世之浅者，固好以其利心量君子，以为触宰相以近祸，非以其私则莫为也。

夫文公之好恶，盖所谓皆过其分者耳。方其不信于天下，更以推贤进善为急。一士之不显，至寝食为之不甘。盖奔走有力，成其名而后已。士之废兴，彼各有命。身非王公大人之位，取其任而私之，又自以为贤，仆仆然[1]忘其身之劳也，岂所谓知命者耶？记曰：“道之不行，贤者过之，不肖者不及也。”[2]夫文公之过也，抑其所以为贤欤？

①仆仆然：匆促貌。 ②语见《论语》。

《灵谷诗》序

吾州①之东南，有灵谷者，江南之名山也。龙蛇之神，虎豹翚翟②之文章，楩柟豫章③竹箭④之材，皆自山出。而神林鬼冢魑魅⑤之穴，与夫仙人、释子恢谲之观，咸附托焉。至其淑灵和清之气，盘礴委积于天地之间，万物之所不能得者，乃属之于人。而处士君⑥实生其址。

---

①吾州：指临川言。临川，即今之江西抚州市临川区。②翚翟：雉羽也。③豫章：南方之大木也。④竹箭：竹之堪为箭者。⑤魑魅（chī mèi）：山林怪物。⑥处士君：荆公母舅吴蕃。

君姓吴氏，家于山阯。豪杰之望，临吾一州者，盖五六世，而后处士君出焉。其行，孝悌忠信。其能，以文学知名于时。惜乎其老矣，不得与夫虎豹翚翟之文章，楩柟豫章竹箭之材，俱出而为用于天下，顾藏其神奇，而与龙蛇杂此土以处也！

然君浩然有以自养，遨游于山川之间，啸歌讴吟，以寓其所好，终身乐之不厌，而有诗数百篇，传诵于闾里。他日出灵谷三十二篇，以属其甥曰：“为我读而序之。”惟君之所得，盖有伏而不见者，岂特尽于此诗而已？虽然，观其镵①刻万物，而接之以藻缋②，非夫诗人之巧者，亦孰能至于此。

---

①镵：凿也。　②藻缋：绘画五色也。

《送李著作之官高邮》序

君之才，缙绅①多闻之。初，君眂金陵酒政②，人皆惜君不试于剧③，而沦于卑冗④。君将优为之，曰：“孔子尝为乘田、委吏⑤矣，会计当而已矣，牛羊蕃而已矣。”既而又得调高邮⑥关吏，人复惜君不试于剧，而沦于卑冗。君言如初，色滋蔓⑦喜。

---

①缙绅：谓插笏带间也。古之仕者，垂绅缙笏，故称宦族曰缙绅。　②眂：同“视”。金陵：地名，今江苏江宁。眂金陵酒政：即监金陵酒政也。　③剧：繁重也。不试于剧：谓不试其才于繁重之事务也。　④卑冗：卑下而无益也。　⑤乘田：春秋时鲁小吏，掌牛羊刍牧之事者。委吏：主委积之吏也，犹今收掌粮草材料之官也。　⑥高邮：地名，今江苏高邮。　⑦滋蔓：本意为草之滋长引蔓也，此处借作益解。

於戏①！今之公卿大夫，据徼乘机②，钻隙抵巇，仅不盈志。则戚戚以悲，君乃皦然反之，此蒙所以高君也。抑有猜焉，古之柄国家者，有戢景藏采③，恬处下列，拔而致之朝，使相谟谋。今岂不若古邪？奚遂君请而弗拔也？

①於戏：即“呜呼”。　　②据微乘机：谓走捷径攀关系而谋求富贵。　　③戢（jí）景藏采：谓将美好的风采掩藏起来。

《送孙正之》[1]序

时然而然，众人也；己然而然，君子也。己然而然，非私己也，圣人之道在焉尔。夫君子有穷苦颠跌，不肯一失诎[2]己以从时者，不以时胜道也。故其得志于君，则变时而之道若反手[3]然。彼其术素[4]修而志素定也。时乎杨、墨，己不然者，孟轲氏而已[5]；时乎释、老，己不然者，韩愈氏而已[6]。如孟、韩者，可谓术素修而志素定也，不以时胜道也。惜也不得志于君，使真儒之效不白于当世。然其于众人也卓矣。呜呼！予观今之世，圆冠峨如[7]，大裙襜如[8]，坐而尧言，起而舜趋，不以孟、韩之心为心者，果异众人乎？

---

①孙正之：名侔，后改名侔，字少述，宋吴兴（今湖州）人。早孤，为文好古，内行孤峻，事母尽孝。母卒，不仕。尝与王安石、曾巩游，客居江淮间，屡荐皆不就。　②诎：同“屈”。③反手：言易也。　④素：故也，旧也。　⑤战国时杨朱、墨翟之学说盛行。杨朱主为我，拔一毛而利天下不为也。墨翟主兼爱，摩顶放踵，利天下为之。孟轲恶其学说之过偏，尝力非之。⑥唐时释、老之教盛行。韩愈反对之，著论非释、老甚力。⑦圆冠：古代儒者的装束。峨如：高耸貌。　⑧襜如：整齐。

予官于扬[①]，得友曰孙正之。正之行古之道，又善为古文，予知其能以孟、韩之心为心而不已者也。夫越[②]人之望燕[③]为绝域也，北辕而首[④]之，苟不已，无不至。孟、韩之道去吾党，岂若越人之望燕哉？以正之之不已而不至焉，予未之信也。一日得志于吾君，而真儒之效，不白于当世，予亦未之信也。

---

①扬：州名，治今江苏扬州。　②越：地名。约当旧浙江会稽道（治宁波）。　③燕：地名。约当今河北省。　④首：向也。往也。

正之之兄官于温[①]，奉其亲以行，将从之，先为言以处予。予欲默，安得而默也？

---

①温：古州名，属两浙路，治所在今浙江温州。

同学一首别子固[1]

江之南有贤人焉，字子固，非今所谓贤人者，予慕而友之。淮之南有贤人焉，字正之，非今所谓贤人者，予慕而友之。二贤人者，足未尝相过也，口未尝相语也，辞、币[2]未尝相接也。其师若友，岂尽同哉？予考其言行，其不相似者，何其少也！曰："学圣人而已矣。"学圣人，则其师若友，必学圣人者。圣人之言行，岂有二哉？其相似也适然。

---

①子固：曾巩之字，宋建昌南丰（今江西南丰）人。嘉祐间举进士。著有《元丰类稿》五十卷，《隆平集》二十卷。　②币：帛也。古人以为赠遗之物。

予在淮南，为正之道子固，正之不予疑也。还江南，为子固道正之，子固亦以为然。予又知所谓贤人者，既相似，又相信不疑也。

子固作《怀友》一首遗予，其大略欲相扳[1]以至乎中庸[2]而后已。正之盖亦尝云尔。夫安驱徐行，轥[3]中庸之庭，而造于其堂，舍二贤人者而谁哉？予昔非敢自必其有至也，亦愿从事于左右焉尔。辅而进之，其可也。

噫！官有守，私有系，会合不可以常也，作《同学一首别子固》，以相警且相慰云。

---

①扳：援也，引也。 ②不偏之谓“中”，不易之谓“庸”，故道德之最正当者谓之中庸。 ③轥（lìn）：车迹所至也。

度支[1]副使厅壁题名记

三司[2]副使，不书前人名姓。嘉祐[3]五年，尚书户部员外郎吕君冲之[4]，始稽之众史，而自李纮[5]已上，至查道，得其名；自杨偕[6]已上，得其官；自郭劝[7]已下，又得其在事之岁时。于是书石而镵之东壁。

---

①度支：官名，掌天下租赋物产，岁计所出而支调之，故谓之度支。宋置度支使属三司。　②三司：宋时理财之官，即盐铁，度支，户部，三司也。　③嘉祐：宋仁宗年号。　④吕冲之：名景初，浙江新昌人。　⑤李纮：字仲纲，宋州楚邱（今河南滑县）人。　⑥杨偕：字次公，坊州中部（今陕西黄陵）人。　⑦郭劝：字仲褒，郓州须城（今山东东平）人。

夫合天下之众者财，理天下之财者法，守天下之法者吏也。吏不良，则有法而莫守。法不善，则有财而莫理。有财而莫理，则阡陌闾巷[1]之贱人，皆能私取予之势，擅万物之利，以与人主争黔首[2]，而放其无穷之欲，非必贵强桀[3]大而后能。如是而天子犹为不失其民者，盖特号而已耳。虽欲食蔬、衣敝，憔悴其身，愁思其心，以幸天下之给足而安吾政，吾知其犹不得也。然则善吾法，而择吏以守之，以理天下之财，虽上古尧、舜犹不能毋以此为先急，而况于后世之纷纷乎？

①阡陌：田间小路，以区界田亩者，南北曰阡，东西曰陌。闾巷：犹闾里，乡里也。②黔首：民也。③桀：同“杰”。

三司副使，方今之大吏，朝廷所以尊宠之甚备。盖今理财之法有不善者，其势皆得以议于上而改为之，非特当守成法，吝出入，以从有司之事而已。其职事如此，则其人之贤不肖，利害施于天下如何也？观其人，以其在事之岁时，以求其政事之见于今者，而考其所以佐上理财之方，则其人之贤不肖，与世之治否，吾可以坐而得矣。此盖吕君之志也。

桂州[1]新城记

侬智高[2]反南方，出入十有二州。十有二州之守吏，或死，或不死，而无一人能守其州者。岂其材皆不足欤？盖夫城郭之不设，甲兵之不戒，虽有智勇，犹不能以胜一日之变也。唯天子亦以为任其罪者，不独守吏，故特推恩褒广死节，而一切贷其失职。于是遂推选士大夫所论以为能者，付之经略[3]，而今尚书户部侍郎余公靖[4]当广西焉。

①桂州：宋代州名，属广南西路，治所在今广西桂林。②侬智高：宋广源州蛮人。侬氏自唐初即世为广源州首领。唐末知傥犹州侬全福为交人所杀。其妻改适商人，生智高，冒姓侬。交人使知广源州。智高遂袭安德州，据广南，攻邕州，建国曰大南。宋皇祐五年，狄青夜度昆仑关大败之于邕州。智高走大理，广南平。后智高死于大理，函首京师。　③经略：官名，掌一路兵民之事。　④余公靖字安道，与欧阳修等相友善。

寇平之明年，蛮越接和，乃大城桂州。其方六里。其木、甓、瓦、石之材，以枚数之，至四百万有奇。用人之力，以工数之，至一十余万。凡所以守之具，无一求而有不给者焉。以至和[1]元年八月始作，而以二年之六月成。夫其为役亦大矣。盖公之信于民也久，而费之欲以卫其材，劳之欲以休其力，以故为是有大费与大劳，而人莫或以为勤也。

---

①至和：宋仁宗年号。

古者君臣、父子、夫妇、兄弟、朋友之礼失，则夷狄横而窥中国。方是时，中国非无城郭也，卒于陵夷、毁顿、陷灭而不救。然则城郭者，先王有之，而非所以恃而为存也。及至喟然觉悟，兴起旧政，则城郭之修也，又尝不敢以为后。盖有其患而图之无其具，有其具而守之非其人，有其人而治之无其法，能以久存而无败者，皆未之闻也。故文王之兴也，有四夷之难，则城于朔方[1]，而以南仲[2]；宣王之起也，有诸侯之患，则城于东方，而以仲山甫。此二臣之德，协于其君，于为国之本末，与其所先后，可谓知之矣。虑之以悄悄之劳，而发赫赫之名，承之以翼翼之勤，而续明明之功，卒所以攘[3]戎狄而中国以全安者，盖其君臣如此，而守卫之有其具也。

---

①朔方：北方也。　②南仲：文王时之臣也。　③攘：却也。

今余公亦以文武之材，当明天子承平日久，欲补弊立废之时，镇抚一方，修捍其民，其勤于今，与周之有南仲、仲山甫盖等矣，是宜有纪也。故其将吏相与谋而来取文，将刻之城隅，而以告后之人焉。至和二年九月丙辰，群牧判官、太常博士王某记。

芝阁记

祥符[1]时，封泰山以文天下之平[2]，四方以芝[3]来告者万数。其大吏，则天子赐书以宠嘉之，小吏若民，辄锡金帛。方是时，希世有力之大臣，穷搜而远采；山农野老，攀缘狙杙[4]，以上至不测之高，下至涧溪壑谷，分崩裂绝，幽穷隐伏，人迹之所不通，往往求焉。而芝出于九州四海之间，盖几于尽矣。

---

①祥符：宋真宗年号。　②封泰山：谓于泰山之上，筑土为坛以祭天，报天之功。文：去声，饰也。　③芝：菌类，有青、赤、黄、白、黑、紫多种，古以为瑞草。　④杙（yì）：小木桩也。狙杙：意本《庄子》拱把而上，求狙猴之杙者斩之。

至今上即位，谦让不德。自大臣不敢言封禅，诏有司以祥瑞告者皆勿纳，于是神奇之产，销藏委翳于蒿藜榛莽之间，而山农野老不复知其为瑞也。则知因一时之好恶，而能成天下之风俗，况于行先王之治哉？

太丘[1]陈君，学文而好奇。芝生于庭，能识其为芝。惜其可献而莫售也，故阁于其居之东偏，掇取而藏之。盖其好奇如此。噫！芝一也，或贵于天子，或贵于士，或辱于凡民，夫岂不以时乎哉？士之有道，固不役志于贵贱，而卒所以贵贱者，何以异哉？此予之所以叹也。

---

①太丘：故城在今河南永城市西北。

信州[1]兴造记

晋陵[2]张公治信之明年，皇祐[3]三年也。奸强帖柔，隐诎发舒。既政大行，民以宁息。夏六月乙亥，大水。公徙囚于高狱，命百隶戒不共，有常诛。夜漏半，水破城，灭府寺，苞民庐居。公趋谯门[4]，坐其下，敕吏士以桴[5]收民鳏孤老癃[6]，与所徙之囚，咸得不死。

---

①信州：地名，今江西上饶其旧治也。 ②晋陵：地名，今江苏武进。 ③皇祐：宋仁宗年号。 ④谯门：谓门上为高楼以望远者。 ⑤桴：木筏也。 ⑥癃：衰弱多病。

丙子，水降。公从宾佐按行隐度，符县调富民水之所不至者，夫钱户七百八十六，收佛寺之积材一千一百三十有二。不足，则前此公所命富民出粟以赒[1]贫民者二十三人，自言曰："食新矣，赒可以已，愿输粟直以佐材费。"七月甲午，募人城水之所入，垣群府之缺，考监军之室，立司理之狱，营州之西北亢爽之墟以宅屯驻之师，除其故营，以时教士刺伐坐作之法，故所无也。作驿曰饶阳，作宅曰回车。筑二亭于南门之外，左曰仁，右曰智，山水之所附也。梁四十有二舟于两亭之间，以通车徒之道。筑一亭于州门之左，曰宴月吉，所以属宾也。凡为梁一，为城垣九千尺，为屋八。以楹数之，得五百五十二。自七月九日，卒九月七日，为日五十二，为夫一万一千四百二十五。中家以下，见城郭室屋之完，而不知材之所出，见徒之合散，而不见役使之及己。凡故之所有必具；其所无也，乃今有之。故其经费卒不出县官之给。公所以救灾补败之政如此，其贤于世吏远矣。

---

①赒：同“周”，接济。

今州县之灾相属，民未病灾也，且有治灾之政出焉。弛舍之不适，裒①取之不中，元奸宿豪②舞手以乘③民，而民始病。病极矣，吏乃始謷然④自喜；民相与诽且笑之而不知也。吏而不知为政，其重困民多如此。此予所以哀民，而闵吏之不学也。由是而言，则为公之民，不幸而遇害灾，其亦庶乎无憾矣。十月二十日临川王某记。

---

①裒（póu）：聚也。　②元奸：犹言巨奸。宿豪：犹言一向为称霸一方之人也。　③舞手以乘民：犹言上下其手舞弊以乘民之厄也。　④謷（áo）然：犹傲然，自大貌。

慈溪[1]县学记

天下不可一日而无政教，故学不可一日而亡于天下。古者井天下之田，而党庠、遂序、国学之法立乎其中。乡射饮酒[2]、春秋合乐、养老劳农、尊贤使能、考艺选言之政，至于受成、献馘、讯囚[3]之事，无不出于学。于此养天下智仁圣义忠和之士，以至一偏一伎一曲之学[4]，无所不养。而又取士大夫之材行完洁，而其施设已尝试于位而去者，以为之师。释奠、释菜[5]，以教不忘其学之所自。迁徙逼逐以勉其怠而除其恶。则士朝夕所见所闻，无非所以治天下国家之道。其服习必于仁义，而所学必皆尽其材。一日取以备公卿大夫百执事之选，则其材行皆已素定。而士之备选者，其施设亦皆素所见闻而已，不待阅习而后能者也。古之在上者，事不虑而尽，功不为而足，其要如此而已。此二帝、三王所以治天下国家而立学之本意也。

---

①慈溪：地名，今浙江慈溪。　②乡射：古以射选士，故乡士夫三年大比，献贤能之书于王，则行乡射之礼。又州长于春秋以礼会民，而射于州序，亦谓之乡射礼。饮酒：古之乡学，三年业成，必考其德行，察其道艺，而兴其贤者能者，以升于君。

将升之时，乡大夫为主人，与之饮酒而后升之，谓之乡饮酒。③受成：《礼·王制》："天子将出征，受成于学。"注：受成，定兵谋也。献馘（guó）：谓杀敌人而戮其左耳以献也。讯囚：谓讯问被俘之囚也。　④一偏一伎一曲之学：指偏向于某一方面的学习。六艺之不能全而求其一，即谓一偏。他若一般的技能，即谓一伎之学。再次之，学无所成，闻十而知一，此即一曲之学。　⑤释奠：置爵于神前而祭也。释菜：以芹藻之属礼先师也。古时，始入学，皆行释菜礼，春秋二祭，皆用释奠礼。

后世无井田之法，而学亦或存或废。大抵所以治天下国家者，不复皆出于学。而学之士群居、族处，为师弟子之位者，讲章句、课文字而已。至其陵夷①之久，则四方之学者，废而为庙，以祀孔子于天下，斲木抟土，如浮屠②、道士法，为王者象。州县吏春秋帅其属，释奠于其堂，而学士者或不预焉。盖庙之作出于学废，而近世之法然也。

①陵夷：衰颓，败落。　②浮屠："佛陀"之异译。佛教为佛所创，因称佛教曰浮屠。

今天子①即位若干年，颇修法度，而革近世之不然者。当此之时，学稍稍立于天下矣。犹曰州之士满二百人，乃得立学。于是慈溪之士不得有学，而为孔子庙如故。庙又坏不治。今刘君在中言于州，使民出钱，将修而作之，未及为而去，时庆历某年也。

---

①今天子：谓宋仁宗也。

后林君肇至，则曰："古之所以为学者，吾不得而见，而法者，吾不可以毋循也。虽然，吾之人民于此，不可以无教。"即因民钱作孔子庙，如今之所云，而治其四旁为学舍，讲堂其中。帅县之子弟，起先生杜君醇①为之师，而兴于学。噫！林君其有道者耶！夫吏者，无变今之法，而不失古之实，此有道者之所能也。林君之为，其几于此矣。

---

①杜醇：慈溪人，号大隐先生。

林君固贤令，而慈溪小邑，无珍产、淫货，以来四方游贩之民；田桑之美，有以自足，无水旱之忧也。无游贩之民，故其俗一而不杂。有以自足，故人慎刑而易治。而吾所见其邑之士，亦多美茂之材，易成也。杜君者，越之隐君子，其学行宜为人师者也。夫以小邑得贤令，又得宜为人师者为之师，而以修醇一易治之俗，而进美茂易成之材，虽拘于法，限于势，不得尽如古之所为，吾固信其教化之将行，而风俗之成也。

夫教化可以美风俗，虽然，必久而后至于善。而今之吏其势不能以久也。吾虽喜且幸其将行，而又忧夫来者之不吾继也，于是本其意以告来者。

扬州龙兴讲院记

予少时，客游金陵，浮屠慧礼者从予游。予既吏淮南，而慧礼得龙兴佛舍，与其徒日讲其师之说。尝出而过焉，庳屋①数十椽，上破而旁穿。侧出而视后，则榛棘出入，不见垣端。指以语予曰："吾将除此而宫之。虽然，其成也，不以私吾后，必求时之能行吾道者付之。愿记以示后之人，使不得私焉。"

当是时，礼方丐食饮以卒日，视其居枵然②。余特戏曰："姑成之，吾记无难者。"

---

①庳：同"卑"。　　②枵（xiāo）然：空虚也。

后四年，来曰："昔之所欲为，凡百二十楹，赖州人蒋氏之力，既皆成，盍有述焉。"噫！何其能也！

盖慧礼者，予知之，其行谨洁，学博而才敏，而又卒之以不私，宜成此不难也。

今夫衣冠而学者，必曰自孔氏。孔氏之道易行也，非有苦身窘形，离性禁欲，若彼之难也。而士之行可一乡，才足一官者常少，而浮屠之寺庙被四海，则彼其所谓材者，宁独礼耶？以彼之材，由此之道，去至难而就甚易，宜其能也。呜呼！失之此而彼得焉，其有以也夫！

扬州新园亭记

诸侯宫室台榭，讲军实，容俎豆①，各有制度。扬，古今大都，方伯所治处。制度狭庳，军实不讲，俎豆无以容，不以逼诸侯哉？宋公②至自丞相府③，化清事省，喟然有意其图之也。

①俎豆：古祭器。　②宋公：谓宋庠也。庠于宋仁宗宝元中参知政事，与宰相吕夷简论不合，凡庠与善者，夷简悉指为朋党出之。庠乃知扬州。　③至自丞相府：因宋庠当时由参知政事出知扬州。宋制，参知政事，职下于丞相一等，丞相之副贰也。

今太常刁君，实集其意。会公去镇郓①，君即而考之。占府乾隅，夷茀而基，因城而垣，并垣而沟。周六百步，竹万个覆其上。故高亭在垣东南，循而西三十轨②，作堂曰“爱思”，道僚吏③之不忘宋公也。堂南北向，袤④八筵，广六筵。直北为射埒⑤，列树八百本，以翼其旁。宾至而享，吏休而宴，于是乎在。又循而西十有二轨，作亭曰“隶武”，南北向，袤四筵，广如之，埒如堂，列树以向。岁时教士战射、坐作之法，于是乎在。始庆历二年十二月某日，凡若干日卒功云。

---

①郓（yùn）：治今山东东平。 ②軏（yuè）：车辕端所以持衡者。此处即以车辕两端间之距离为长短之量也。③僚：同“官”也。 ④袤：南北曰袤。 ⑤埒（liè）：谓作短垣绕之。

初宋公之政，务不烦其民。是役也，力出于兵，材资于宫之饶，地瞰于公宫之隙，成公志也。

噫！扬之物与监①，东南所规仰，天子宰相所垂意而选，继乎宜有若宋公者，丞乎宜有若刁君者，金石可弊，此无废已。

---

①物与监：指建筑的规模和形制。

游褒禅山[1]记

褒禅山亦谓之华山，唐浮图慧褒始舍于其址，而卒葬之，以故其后名之曰“褒禅”。今所谓慧空禅院者，褒之庐冢[2]也。距其院东五里，所谓华山洞者，以其乃华山之阳名之也。距洞百余步，有碑仆道，其文漫灭，独其为文犹可识，曰“花山”。今言“华”如“华实”之“华”者，盖音谬也。其下平旷，有泉侧出，而记游者甚众，所谓前洞也。由山以上五六里，有穴窈然[3]，入之甚寒。问其深，则其好游者不能穷也。谓之后洞。余与四人拥火[4]以入。入之愈深，其进愈难，而其见愈奇。有怠而欲出者，曰：“不出火且尽。”遂与之俱出。

①褒禅山：在安徽含山县北十五里。　②庐冢：屋庐及坟墓也。　③窈然：暗貌。　④拥：持也。拥火：持火也。

盖予所至，比好游者尚不能十一，然视其左右，来而记之者已少。盖其又深，则其至又加少矣。方是时，予之力尚足以入，火尚足以明也。既其出，则或咎其欲出者，而予亦悔其随之，而不得极夫游之乐也。

于是予有叹焉。古人之观于天地、山川、草木、虫鱼、鸟兽往往有得，以其求思之深而无不在也。夫夷以近，则游者众；险以远，则至者少。而世之奇伟、瑰怪、非常之观，常在于险远，而人之所罕至焉。故非有志者，不能至也。有志矣，不随以止也，然力不足者，亦不能至也。有志与力，而又不随以怠，至于幽暗、昏惑，而无物以相①之，亦不能至也。然力足以至焉而不至，于人为可讥，而在己为有悔。尽吾志也，而不能至者，可以无悔矣。其孰能讥之乎？此予之所得也。

①相：助也，辅也。

余于仆碑，又以悲夫古书之不存，后世之谬其传，而莫能名者，何可胜道也哉！此所以学者不可以不深思而慎取之也。

四人者：庐陵①萧君圭君玉、长乐②王回深父、余弟安国平父、安上纯父。至和元年七月某日，临川王某记。

①庐陵：今江西吉安。 ②长乐：今福建长乐。按《宋史·儒林传》谓王回为侯官人。侯官，今福州。

伤仲永

金溪[①]民方仲永，世隶耕[②]。仲永生五年，未尝识书具[③]，忽啼求之。父异焉，借旁近与之，即书诗四句，并自为其名。其诗以养父母、收族为意，传一乡秀才观之。自是指物作诗立就，其文理皆有可观者。邑人奇之，稍稍宾客其父[④]，或以钱币乞之。父利其然也，日扳仲永环谒[⑤]于邑人，不使学。

①金溪：今江西金溪。　②隶：属也。隶耕：犹言属于农夫一类也。　③书具：谓笔墨纸砚之类也。　④宾客其父：谓以宾客之礼待其父也。　⑤环谒：犹言遍谒也。

予闻之也久，明道[①]中，从先人[②]还家，于舅家见之，十二三矣。令作诗，不能称前时之闻。又七年，还自扬州，复到舅家问焉。曰："泯然[③]众人矣。"

①明道：宋仁宗年号。　②先人：亡父也。介甫之父名益。　③泯然：无闻也。

王子曰："仲永之通悟受之天也。其受之天也，贤于材人远矣。卒之为众人，则其受于人者不至也。彼其受之天也，如此其贤也，不受之人，且为众人。今夫不受之天，固众人，又不受之人，得为众人而已耶？"

与祖择之[1]书

治教政令，圣人之所谓文也。书之策[2]，引而被之天下之民，一也。圣人之于道也，盖心得之。作而为治教政令也，则有本末先后，权势制义，而一之于极[3]。其书之策也，则道其然而已矣。彼陋者不然。一适焉，一否焉，非流焉则泥[4]，非过焉则不至。甚者置其本，求之末，当后者反先之，无一焉不悖于极。彼其于道也，非心得之也。其书之策也，独能不悖耶？故书之策而善，引而被之天下之民，反不善焉，无矣。二帝、三王，引而被之天下之民而善者也。孔子、孟子书之策而善者也。皆圣人也，易地则皆然。

---

①祖择之：祖无择，字择之，上蔡（今河南上蔡西南）人。《宋史》有传。　②策：简也，连编诸简谓之策。古无纸笔，大事书之于策，小事书之于简。　③一之于极：指使人们的思想意志达到统一。极：中也，正也。　④非流焉则泥：不是流于形式，就是过于拘泥。

某生十二年而学，学十四年矣。圣人之所谓文者，私有意焉。书之策，则未也。间或悱然[1]动于事而出于词，以警戒其躬。若施于友朋，褊迫陋庳，非敢谓之文也。乃者执事②欲收而教之，使献焉，虽自知明，敢自盖邪？谨书所为书序原说若干篇，因叙所闻与所志，献左右③惟赐览观焉。

---

①悱然：动心貌。　　②执事：谓供使令之人也。今与人书，不敢直指其人，则称执事，敬词也。　　③左右：不斥言其人而指称其左右之侍者，敬词也。今书札中多用之。

请杜醇先生入县学书

人之生久矣。父子、夫妇、兄弟、宾客、朋友其伦也。孰持其伦？礼乐、刑政、文物、数制事为其具也。其具孰持之？为之君臣，所以持之也。君不得师，则不知所以为君；臣不得师，则不知所以为臣。为之师，所以并持之也。君不知所以为君，臣不知所以为臣，人之类，其不相贼杀以至于尽者，非幸欤？信乎其为师之重也！

古之君子，尊其身，耻在舜下。虽然，有鄙夫问焉而不敢忽，敛然后其身似不及者，有归之以师之重而不辞，曰：“天之有斯道，固将公之，而我先得之。得之而不推余于人，使同我所有，非天意，且有所不忍也。”

某得县于此逾年矣，方因孔子庙为学，以教养县子弟，愿先生留听而赐临之，以为之师，某与有闻焉。伏惟先生不与古之君子者异意也，幸甚！

请杜醇先生入县学书二

惠书，何推褒之隆，而辞让之过也！仁人君子，有以教人，义不辞让，固已为先生道之。今先生过引孟子、柳宗元[①]之说以自辞。孟子谓“人之患，在好为人师者”，谓无诸中而为有之者，岂先生谓哉？彼宗元恶[②]知道？韩退之毋为师，其孰能为师？天下士将恶乎师哉？

夫谤与誉，非君子所恤[③]也，适于义而已矣。不曰适于义，而唯谤之恤，是薄世[④]终无君子。唯先生图之！示诗质而无邪，亦足见仁人之所存，甚善，甚善。

---

①柳宗元，字子厚，唐河东（今山西永济）人。文章卓绝，由进士累官监察御史，坐王叔文党贬永州司马。　②恶（wū）：何也。　③恤：顾忌也。　④薄世：犹言举世。

答孙元规大资书

某不学无术，少孤以贱，材行无可道，而名声不闻于当世。巨公贵人之门，无可进之路，而亦不敢辄有意于求通。以故闻阁下①之名于天下之日久，而独未尝得望履舄于门②。比者得邑海上，而闻左右之别业③，实在敝境，犹不敢因是以求闻名于从者④。卒然蒙赐教督，读之茫然，不知其为愧且恐也。

---

①阁下：与“阁下”同。《因话录》篇：“古者三公开阁，郡守比古之侯伯，亦有阁，故世俗书题有阁下之称。”今书札作阁下，即阁下也。言阁下者，不敢直斥其名，因卑达尊之意也。

②望履舄于门：登门通谒之谦辞也。舄（xì）：鞋。　③别业：谓田园之别置于他地者。　④从者：敬词也，意与左右、执事相仿佛。

伏惟阁下，危言谠论①，流风善政，简在天子之心②，而讽于士大夫之口。名声之盛，位势之尊，不宜以细故，苟自贬损。今咳唾之余③，先加于新进之小生，疑左右者之误，而非阁下之本意也。以是不敢即时报谢，以忤昕④听，以累左右，而自得不敏之诛，顾未尝一日而忘拜赐也。

---

①危言：高峻之言。谠论：忠直之论。　②简在天子之心：谓天子知其才，特加以任命也。　③咳唾之余：即言语也。尊敬对手，不敢斥言之谦词也。　④眎：同“视”。

今兹使来，又拜教之辱，然后知阁下真有意其存之也。夫礼之有施报，自敌以下不可废。况王公大人，而先加礼新进之小生，而其报谢之礼，缺然者久之，其为罪也大矣。虽聪明宽闳，其有以容而察于此，而独区区之心，不知所以裁焉。

回苏子瞻[1]简

某启：承诲谕累幅，知尚盘桓[2]江北，俯仰逾月，岂胜感怅！得秦君诗，手不能舍弃。致远适见，亦以为清新妩丽，与鲍、谢[3]似之。不知公意如何？余卷正冒眩[4]，尚妨细读，尝鼎一脔[5]，旨[6]可知也。公奇秦君，数口之不置。吾又获诗，手之不舍。然闻秦君尝学至言妙道，无乃笑我与公嗜好过乎？未相见，跋涉自爱[7]，书不宣悉。

---

①苏子瞻：苏轼也，洵之长子。有文名，著有《东坡全集》一百十五卷。　②盘桓：不进也。　③鲍：谓鲍照，六朝时东海人，字明远。工诗。仕宋为临海王参军，世称鲍参军。谢：谓谢朓，南北朝南齐阳夏人，字玄晖。长于五言诗。曾为宣城太守，世称谢宣城。　④冒眩：犹言头眩。　⑤鼎：古时食器也。脔（luán）：块切肉也。　⑥旨：甘也。　⑦跋：陆行也。涉：水行也。跋涉自爱：嘱子瞻路中珍重也。

答张几书

张君足下：某常以今之仕进，为皆诎道而信①身者。顾有不得已焉者。舍为仕进，则无以自生。舍为仕进而求其所以自生，其诎道有甚焉。此固某之亦不得已焉者。独尝为《进说》，以劝得已之士焉。得已而已焉者，未见其人也。不图今此而得足下焉。

足下耻为进士，贵其身而以自娱于文，而贫无以自存，此尤所以为难者。凡今于此，不可毋进谒也②。况如某，少知义道之所存乎？今者足下乃先贬损而存之，赐之书，词盛指过，不敢受而有也。惟是不敏之罪，不知所以辞，敢布左右，惟幸察之而已。

---

①信：与“伸”通。　　②读“凡今于此，不可毋进谒也”句，知张几当为鄞（yín，今属宁波）人。

上杜学士言开河书[①]

十月十日，谨再拜奉书运使学士阁下：某愚不更事物之变，备官节下[②]，以身得察于左右，事可施设，不敢因循苟简，以孤大君子推引之意，亦其职宜也。

---

①王安石知鄞县时，杜衍为河东转运使，故上此书言开河。②节下：犹治下也。

鄞[①]之地邑，跨负江海，水有所去，故人无水忧。而深山、长谷之水，四面而出，沟渠、浍川，十百相通。长老言钱氏[②]时，置营田吏卒，岁浚治之，人无旱忧，恃以丰足。营田之废，六七十年。吏者因循，而民力不能自并。向之渠川，稍稍浅塞，山谷之水，转以入海而无所潴。幸而雨泽时至，田犹不足于水。方夏历旬不雨，则众川之涸，可立而须[③]。故今之邑民，最独畏旱，而旱辄连年。是皆人力不至，而非岁之咎也。

---

①鄞，地当今浙江宁波鄞州区。　②钱氏：谓吴越国王钱氏也。　③须：待也。

某为县于此，幸岁大穰①，以为宜乘人之有余，及其暇时，大浚治川渠，使有所潴，可以无不足水之患。而无老壮稚少，亦皆惩旱之数，而幸今之有余力，闻之翕然②皆劝，趋之无敢爱力。夫小人可与乐成，难与虑始。诚有大利，犹将强之。况其所愿欲哉？窃以为此亦执事之所欲闻也。

①穰：岁熟也。　②翕然：合也，众意皆同也。

伏惟执事，聪明辨智，天下之事，悉已讲而明之矣，而又导利去害，汲汲若不足。夫此最长民之吏当致意者，故辄具以闻州。州既具以闻执事矣，顾其厝事①之详，尚不得彻②，辄复条件以闻。唯执事少留聪明，有所未安，教而勿诛③。幸甚！

①厝事：犹言处置其事。厝，通“措”。　②彻：通也，达也。尚不得彻：谓尚不达于杜学士也。　③教而勿诛：意谓希望得到转运大人的教导，而惧怕受到大人的责骂。

上杜学士书

窃闻受命改使河北①，伏惟庆慰。国家东西南北，地各万里，统而维之，止十八道。道数千里，而转运使独一二人。其在部中，吏无崇卑，皆得按举。虽将相大臣，气势烜赫②，上所尊宠，文书指麾，势不得恣。一有罪过，纠诘按治③，遂行不请。政令有大施舍，常咨④而后定。生民有大利害，得以罢而行之。金钱粟帛、仓庾库府、舟车漕引，凡上之人，皆须我主出。信乎是任之重也！而河北又天下之重处，左河右山，强国之与邻。列而为藩者，皆将相大臣。所屯无非天下之劲兵悍卒。以惠则恣，以威则摇。幸时无事，庙堂之上⑤，犹北顾而不敢忽。有事，虽天子其忧未尝不在河北也。

①改使河北：谓杜为河东转运使，未几，拜天章阁待制，知荆南府，未行，改河北转运使。　②烜赫：形容声势之盛也。③纠：参劾也。诘：问也。按治：按其罪之大小而治之也。④咨：问也。　⑤庙堂之上：天子之所处也。

今执事按临东南，无几何时，浙河东西十有五州之官吏士民[1]，未尽受察，便宜当行，而害之可除去者，犹未毕也。而卒然举河北以付执事，岂主上与一二股肱之臣，不惟付予必久，而后可要以效哉？且以为世之士大夫，无足寄以重，独执事为能当之耳。伏惟执事名行于天下，而材信于朝廷，而处之宜，必有补于当世。故虽某蒙恩德最厚，一日失所依据，而释然于心，不敢恨望[2]，唯公义之存，而忘所私焉。

---

①浙河：即今之钱塘江。　②恨望：恨怨也。

上运使孙司谏书

伏见阁下令吏民出钱购人捕盐，窃以为过矣。海旁之盐，虽日杀人而禁之，势不止也。今重诱之，使相捕告，则州县之狱必蕃，而民之陷刑者将众。无赖奸人，将乘此势，于海旁渔业之地，搔动①艚户，使不得成其业。艚户失业，则必有合而为盗，贼杀以相仇者。此不可不以为虑也。

---

①搔：同“骚”。搔动：犹骚动也。

鄞于州为大邑。某为县于此两年。见所谓大户者，其田多不过百亩，少者至不满百亩。百亩之直①，为钱百千，其尤良田，乃直二百千而已。大抵数口之家，养生送死，皆自田出。州县百须②，又出于其家。方今田桑之家，尤不可时得者，钱也。今责购而不可得，则其间必有鬻田以应责者。夫使良民鬻田，以赏无赖告讦③之人，非所以为政也。又其间必有讦州县之令，而不时出钱者，州县不得不鞭械以督之。鞭械吏民，使之出钱，以应捕盐之购，又非所以为政也。且吏治宜何所师法也？必曰古之君子。重告讦之利以败俗，广诛求之害，急较固之法④，以失百姓之心，因国家不得已之禁而又重之，古之君子，盖未有然者也。

①直：同“值”。　②须：同“需”，需要也。　③告讦（jié）：告发也。　④较固：垄断。

犯者不休①，告者不止，粜盐②之额，不复于旧，则购之势，未见其止也。购将安出哉？出于吏之家而已，吏固多贫而无有也。出于大户之家而已，大家将有由此而破产、失职者。安有仁人在上，而令下有失职之民乎？

①休：止也。　②粜（tiào）盐：卖盐也。

在上之仁人有所为，则世辄指以为师，故不可不慎也。使世之在上者，指阁下之为此而师之，独不害阁下之义乎？上好是物，下必有甚者，阁下之为方尔，而有司或以谓将请于阁下，求增购赏以励①告者。故某窃以谓阁下之欲有为，不可不慎也。

①励：奖励也。

天下之吏，不由先王之道而主于利，其所谓利者，又非所以为利也，非一日之积也。公家日以窘，而民日以穷而怨。常恐天下之势，积而不已，以至于此，虽力排之，已若无奈何，又从而为之辞。其与抱薪救火何异？窃独为阁下惜此也。在阁下之势，必欲变今之法令，如古之为，固未能也。非不能也，势不可也。循[1]今之法，而无所变，有何不可，而必欲重之乎？

①循：由也。

伏惟阁下，常立天子之侧，而论古今所以存亡治乱，将大有为于世，而复之乎二帝、三代之隆，顾欲为而不得者也。如此等事，岂待讲说而明？今退而当财利责，盖迫于公家用调[1]之不足，其势不得不权事势而为此，以纾一切之急也。虽然，阁下亦过矣！非所以得财利而救一切之道。阁下于古书，无所不观。观之于书，以古已然之事验之，其易知较然，不待某辞说也。枉尺直寻而利[2]，古人尚不肯为，安有此而可为者乎？

①用调：犹言财用也。　②枉尺直寻：损害小利益而收取大利益。

今之时，士之在下者，浸渍成俗，苟以顺从为得。而上之人亦往往憎人之言，言有忤己者，辄怒而不听之。故下情不得自言于上，而上不得闻其过，恣所欲为。上可以使下之人自言者惟阁下，其职不得不自言者，某也。伏惟留思而幸听之！文书虽已施行，追而改之，若犹愈于遂行[1]而不反也。干犯云云。

①遂：成也。遂行：犹言竟行也。

上相府书①

某闻古者极治之时，君臣施道，以业天下之民，匹夫、匹妇有不与其泽者，为之焦然耻而忧之。瞽、聋、侏儒，亦各得以其材食之有司。其诚心之所化，至于牛羊之践，不忍不仁于草木，今《行苇》②之诗是也。况于所得士大夫也哉？此其所以上下辑睦，而称极治之时也。

①《宋史》王安石友人曾巩携安石文示欧阳修。修为延誉于朝，擢进士上第，签书淮南判官。此书当于此时上。　②《行苇》：《诗·大雅》之一，四章，章八句。首章首句曰："敦彼行苇，牛羊勿践履。"

伏惟阁下，方以古之道施天下。而某之不肖，幸以此时窃官于朝，受命佐州，宜竭罢驽之力，毕思虑，治百姓，以副吾君吾相于设官任材、休息元元之意。不宜以私慁①上，而自近于不敏之诛。抑其势有可言，则亦阁下之所宜怜者。

①慁（hùn）：忧患。

某少失先人，今大母①春秋高，宜就养于家之日久矣。徒以内外数十口，无田园以托一日之命，而取食不腆②之禄，以至于今，不能也。今去而野处，念自废于苟贱不廉之地，然后有以共裘葛，具鱼菽，而免于事亲之忧，则恐内伤先人之明，而外以累君子养完人材之德。濡忍③以不去，又义之所不敢出也。故辄上书阙下④，愿殡先人之丘冢，自托于筦库，以终犬马之养焉。

---

①大母：祖母也。　②不腆：不丰厚也。　③濡忍：谓人性湿润，则能含忍。　④阙下：谓天子宫阙之下也。

伏惟阁下，观古之所以材膂、聋、侏儒之道，览《行苇》之仁，怜士有好修之意者，不穷之于无所据以伤其操，使老者得养，而养者虽愚无能，无报盛德，于以广仁孝之政，而曲成士大夫为子孙之谊，是亦君子不宜得已者也。黩冒威尊，不任皇恐之至。

上田正言书[1]

正言执事：某五月还家，八月抵官，每欲介[2]西北之邮，布一书道区区之怀，辄以事废。扬东南之吭也。舟舆至自汴[3]者，日十百数。因得问汴事，与执事息耗甚详。其间荐绅[4]道执事，介然立朝，无所跛倚，甚盛甚盛。顾犹有疑执事者，虽某亦然。某之学也，执事诲之；进也，执事奖之。执事知某，不为浅矣。有疑焉不以闻，何以偿执事之知哉？

---

①田正言：名况，对贤良方正策第一，尝为谏官。　②介：因也。　③汴：汴梁（今开封），北宋之都城也。　④荐绅：同“缙绅”。

初执事坐殿庑[1]下，对方正策[2]。指斥天下利害，奋不讳忌，且曰：“愿陛下行之，无使天下谓制科[3]为进取一涂耳。”方此时，窥执事意，岂若今所谓举方正者，猎取名位而已哉？盖曰行其志云尔。

---

①庑（wǔ）：堂下周屋也，亦谓之廊。　②对策：始于

汉，汉时考试发策以问，使应试者对之，谓之对策。对方正策：应方正科之考试也。　③制科：经制之科是也。

今联谏官，朝夕耳目天子行事，即一切是非，无不可言者，欲行其志，宜莫若此时。国之疵[①]、民之病，亦多矣；执事亦抵职之日久矣。向之所谓疵者，今或痤然[②]若不可治矣；向之所谓病者，今或痼然[③]若不可起矣。曾未闻执事建一言寤主上也。何向者指斥之切，而今之疏也？岂向之利于言，而今之言不利邪？岂不免若今之所谓举方正者，猎取名位而已邪？人之疑执事者以此。

①疵：病也。　②痤然：肿貌。　③痼然：久病貌。

为执事解者，或造辟[①]而言，诡辞[②]而出，疏贱之人，奚遽知其微哉？是不然矣。《传》所谓造辟而言者，乃其言则不可得而闻也。其言之效，则天下斯见之矣。今国之疵、民之病，有滋而无损焉。乌所谓言之效邪？

①造辟而言：谓与君王秘密而言也。　②诡辞：欺诈其辞也。

复有为执事解者曰：“盖造辟而言之矣，如不用何？”是又不然。臣之事君，三谏不从则去之，礼也。执事对策时，常用是著于篇。今言之而不从，亦当不翅①三矣。虽惓惓之义，未能自去，孟子不云乎：“有言责者，不得其言则去。”盍亦辞其言责邪？执事不能自免于疑也必矣。虽坚强之辩，不能为执事解也。

①翅：与“啻”同，但也。不翅：犹“不但”也。

乃如某之愚，则愿执事不矜宠利，不惮诛责，一为天下昌言，以寤主上，起民之病，治国之疵，蹇蹇①一心，如对策时，则人之疑不解自判②矣。惟执事念之！如其不然，愿赐教答。不宣。

①蹇蹇：艰难忠心之貌。 ②判：辨白也。

上郎侍郎书

某启：昔者幸以先人之故①，得望步趋②，伏蒙抚存教道，如亲子侄；而去离门墙，凡五六年，一介之使③，一书之问，不彻于隶人之听④；诚以苛礼不足报盛德，空言不能输欲报之实，顾不知执事察不察也。

①幸以先人之故：谓郎侍郎与安石之父相友善也。 ②得望步趋：谓安石得进谒郎侍郎也。 ③一介之使：谓一个使人也。介：古与“个”通。 ④隶人：役使之人也。一介之使，一书之问，不彻于隶人之听：即久不通函问候之谦词也。

去年得邑海上，涂当出越，而问听之缪①，谓执事在焉。比至越，而后知车马在杭。行自念父党之尊，而德施之隆，去五六年，而一书之不进，又望门不造②；虽其心之勤企③，而欲报者犹在，而执事之见察，其可必也。且悔且恐，不知所云。辄试陈不敏之罪于左右，顾犹不敢必左右之察也。

①缪：与“谬”通。 ②造：至也。 ③企：与“跂”

通，举踵望也。

不图执事遽然贬损手教[1]，重之蜀笺、兖[2]墨之赐。文辞反复，意指勤过，然后知大人君子，仁恩溥博，度量之廓大如此。小人无状，不善隐度，妄自悔恐，而不知所以裁之也。一官自缀[3]，势不得去，欲趋而前，其路无由。唯其思报，心尚不怠。

---

①贬损手教：犹言辱惠手书也。　②兖：兖州。《尔雅·释地》："济、河间曰兖州。"河，指自今河南武涉东北，流至河北沧州东北入海的古黄河。济，指黄河以南自今河南荥阳市东北，流至山东利津县东入海的古济水。　③缀：拘也。

上曾参政[1]书

某闻古之君子立而相天下，必因其材力之所宜，形势之所安，而役使之，故人得尽其材，而乐出乎其时。今也，某材不足以任剧，而又多病，不敢自蔽，而数以闻执事矣。而阁下必欲使之察一道之吏，而寄之以刑狱之事[2]，非所谓因其材力之所宜也。某亲老矣，有上气[3]之疾日久。比年加之风眩[4]，势不可以去左右。阁下必欲使之奔走跋涉，不常乎亲之侧，非所谓因其形势之所安也。伏惟阁下，由君子之道以相天下，故某得布其私焉。

---

①曾参政：即曾公亮，字仲明，宋晋江（今福建泉州）人。由进士累官吏部侍郎同中书门下平章事。喜荐引士类。　②句谓曾力荐安石自常州移提点江东刑狱也。　③上：升也。上气：犹言气逆也。　④眩：惑也，乱也。风眩：犹言因风而头晕之病也。

论者或以为事君，使之左则左，使之右则右，害有至于死而不敢避，劳有至于病而不敢辞者，人臣之义也。某窃以为不然。上之使人也，既因其材力之所宜，形势之所安，则使之左而左，使之右而右，可也。上之使人也，不因其材力之所宜，形势之所安，上将无以报吾君，下将无以慰吾亲。然且左右惟所使，则使无义无命，而苟悦之为可也。害有至于死而不敢避者，义无所避之也。劳有至于病而不敢辞者，义无所辞之也。今天下之吏，其材可以备一道之使，而无不可为之势，其志又欲得此以有为者，盖不可胜数。则某之事，非所谓不可辞之地，而不可避之时也。

论者又以为人臣之事其君，与人子之事其亲，其势不可得而兼也。其材不足以任事，而势不可以去亲之左右，则致为臣而养可也。某又窃以为不然。古之民也，有常产①矣，然而事亲者，犹将轻其志，重其禄，所以为养。今也仕则有常禄，而居则无常产，而特将轻去其所以为养，非所谓为人子事亲之义也。

①常产：恒产也。古时行井田之法，民各有田。

且某之材，固不足以任使事矣，然尚有可任者，在吾君与吾相处之而已尔。固不可以去亲之左右矣，然任岂有不便于养者乎？在吾君与吾相处之而已尔。然以某之贱，未尝得比于门墙之侧①，而慨然以鄙朴之辞，自通于阁下之前，欲得其所求，自常人观之，宜其终龃龉而无所合也。自君子观之，由君子之道以相天下，则宜不为远近易虑，而不以亲疏改施，如天之无不焘②，而施之各以其命之所宜，如地之无不载，而生之各以其性之所有。彼常人之心，区区好忮③而自私，不恕己以及物者，岂足以量之邪？伏惟阁下垂听而念焉。使天下士无复思古之君子，而乐出乎阁下之时。而又使常人之观阁下者，不能量也。岂非君子所愿而乐者乎？冒黩威尊，不任惶恐之至。

---

①未尝得比于门墙之侧：谓不得比于弟子之列也。　②焘：与“帱”同，普覆照也。　③忮（zhì）：嫉妒也。

答段缝书

段君足下①：某在京师时，尝为足下道曾巩善属文②，未尝及其为人也。还江南，始熟而慕焉，友之。又作文粗道其行。惠书以所闻诋巩行无纤完③，其居家亲友惴畏焉，怪某无文字规④巩，见谓有党。果哉足下之言也！巩固不然。巩文学论议，在某交游中，不见可敌。其心勇于适道，殆不可以刑祸、利禄动也。父在困厄中，左右就养无亏行。家事铢发⑤以上皆亲之。父亦爱之甚，尝曰："吾宗敝，所赖者此儿耳。"此某之所见也，若足下所闻，非某之所见也。

①足下：书翰中称人之敬词。战国时多以称人主。　②善属文：善作文也。　③无纤完：犹言"无丝毫完好之处"也。　④规：正人之过也。　⑤铢发：小之至也。

巩在京师，避兄而舍①，此虽某亦罪之也，宜足下深攻之也，于罪之中，有足矜②者，顾不可以书传也。事固有迹，然而情不至是者，如不循其情而诛焉，则谁不可诛邪？巩之迹固然邪？然巩为人弟，于此不得无过。但在京师时，未深接之。还江南，又既往不可咎，未尝以此规之也。巩果于从事少许可[3]，时时出于中道。此则还江南时，尝规之矣。巩闻之辄瞿然[4]。巩固有以教某也。其作《怀友》书两通，一自藏，一纳某家，皇皇焉求相切劘[5]，以免于悔者略见矣。尝谓友朋过差，未可以绝，固且规之。规之从则已，固且为文字自著见，然后已邪？则未尝也。

---

①舍：居处也。　②矜：哀怜也。　③少许可：谓有独立的见解，很少随声附和他人的意见。　④瞿然：惊貌。　⑤劘（mó）：犹言磋磨。

凡巩之行，如前之云，其既往之过，亦如前之云而已，岂不得为贤者哉？天下愚者众而贤者希，愚者固忌贤者，贤者又自守，不与愚者合，愚者加怨焉。挟忌怨之心，则无之焉而不谤。君子之过于听者，又传而广之，故贤者常多谤。其困于下者尤甚。势不足以动俗，名实未加于民，愚者易以谤，谤易以传也。凡道巩之云云者，固忌、固怨、固过于听者也。足下乃欲引忌者、怨者、过于听者之言，县断[1]贤者之是非，甚不然也。

---

①县：同“悬”。县断：谓事未目睹，但凭臆料而遥断之也。

孔子曰：“众好之，必察焉；众恶之，必察焉。”孟子曰："国人皆曰可杀，未可也，见可杀焉，然后杀之。"匡章，通国以为不孝，孟子独礼貌之。孔、孟所以为孔、孟者，为其善自守，不惑于众人也。如惑于众人，亦众人耳，乌在其为孔、孟也？足下姑自重，毋轻议巩。

答钱公辅学士书

比蒙以铭文[①]见属，足下于世为闻人，力足以得显者铭父母，以属于不腆之文，似其意非苟然，故辄为之而不辞。不图乃犹未副所欲，欲有所增损。鄙文自有意义，不可改也，宜以见还，而求能如足下意者为之耳。

---

①铭文：谓墓志铭也。

家庙以今法准之，恐足下未得立也。足下虽多闻，要与识者讲之。

如得甲科[①]，为通判[②]，通判之署，有池台竹林之胜，此何足以为太夫人之荣，而必欲书之乎？贵为天子，富有天下，苟不能行道，适足以为父母之羞。况一甲科通判？苟粗知为辞赋，虽市井小人，皆可以得之，何足道哉？何足道哉？故铭以谓闾巷之士，以为太夫人荣，明天下有识者，不以置悲欢荣辱于其心也。太夫人能异于闾巷之士，而与天下有识同，此其所以为贤而宜铭者也。

---

①甲科：谓考试中最高之科目也。唐初，明经有甲乙丙丁四

科，进士有甲乙两科。其所谓甲乙丙丁者，乃试题难易之分，非考试种类之目。后世称进士为甲科，举人为乙科，与古人甲科乙科之义殊矣。　②通判：官名。宋初欲削藩镇之权，命朝臣通判府州军事，与知府知州共治政事，后遂为例。

至于诸孙，亦不足列，孰有五子而无七孙者乎？七孙业之有可道，固不宜略。若皆儿童，贤不肖未可知，列之于义何当也？诸不具道，计足下当与有识者讲之。南去愈远，君子惟顺爱自重。

答李资深书

某启：辱书，勤勤教我以义命之说，此乃足下忠爱于故旧，不忍捐弃①，而欲诱之以善也。不敢忘！不敢忘！虽然，天下之变故多矣，而古之君子，辞受取舍之方不一。彼皆内得于己，有以待物，而非有待乎物者也。非有待乎物，故其迹时若可疑；有以待物，故其心未尝有悔也。若是者，岂以夫世之毁誉者概其心哉？若某者，不足以望此。然私有志焉，顾非与足下久相从而熟讲之，不足以尽也。多病无聊②，未知何时得复晤语。书不能一一，千万自爱。

①捐弃：舍弃也。　②无聊：愁闷之义。

与马运判书

运判阁下：比奉书，即蒙宠答，以感以怍。且承访以所闻，何阁下逮下①之周也！

尝以谓方今之所以穷空，不独费出之无节②，又失所以生财之道故也。富其家者，资③之国；富其国者，资之天下；欲富天下，则资之天地。盖为家者，不为其子生财，有父之严而子富焉，则何求而不得。今阖门而与其子市，而门之外莫入焉，虽尽得子之财，犹不富也。盖近世之言利虽善矣，皆有国者资天下之术耳，直相市于门之内而已。此其所以困与？在阁下之明，宜已尽知，当患不得为耳。不得为，则尚何赖于不肖者之言耶？

今岁东南饥馑如此，汴水又绝，其经画固劳心。私窃度之，京师兵食宜窘，新刍④百谷之价亦必踊，以谓宜料畿兵之驽怯者⑤，就食诸郡，可以舒漕挽⑥之急。古人论天下之兵，以为犹人之血脉，不及则枯，聚则疽。分使就食，亦血脉流通之势也。倘可上闻行之否？

---

①逮下：犹言对待下属。　②节：分际也。无节：犹言“无度”。　③资：取给。　④刍：饲牲之草。　⑤料：

计也。畿兵：屯驻于京师之兵也。　⑥漕挽：犹言“漕运”也。

答曾公立书

某启：示及青苗①事，治道之兴，邪人不利，一兴异论，群聋和之，意不在于法也。孟子所言利者，为利吾国，利吾身耳。至狗彘食人食则检之，野有饿莩则发之②，是所谓政事。政事所以理财，理财乃所谓义也。一部《周礼》，理财居其半，周公岂为利哉？奸人者，因名实之近，而欲乱之，以眩上下。其如民心之愿何？始以为不请，而请者不可遏；终以为不纳，而纳者不可却。盖因民之所利而利之，不得不然也。

①青苗：宋神宗二年，王安石创青苗法。官预出钱以贷民，纳时加息二分，正月散而夏敛，五月散而秋敛。亦名青苗钱。

②莩（piǎo）：同“殍”。饿莩：饿死之人也。发：谓出仓廪中之米以赈民也。

然二分不及一分，一分不及不利而贷之，贷之，不若与之。然不与之而必至于二分者，何也？为其来日之不可继也。不可继，则是惠而不知为政，非惠而不费之道也，故必贷。然而有官吏之俸，辇运之费，水旱之逋，鼠雀之耗，而必欲广之，以待其饥不足而直与之也，则无二分之息，可乎？则二分者，亦常平之中正也。岂可易哉？公立更与深于道者论之，则某之所论，无一字不合于法，而世之读读[1]者，不足言也。因书示及，以为如何？

①读读：众声喧哗也。

答司马谏议书

某启：昨日蒙教，窃以为与君实①游处相好之日久，而议事每不合②，所操之术多异故也。虽欲强聒③，终必不蒙见察，故略上报，不复一一自辨。重念蒙君实视遇厚，于反覆不宜卤莽，故今具道所以，冀君实或见恕也。

---

①君实：司马光之字也。宋夏县（今山西夏县）人，宝元进士。　②议事每不合：司马光始终以为王安石新法不可行。③聒（guō）：语杂声嚣也。

盖儒者所争，尤在于名实。名实已明，而天下之理得矣。今君实所以见教者，以侵官①、生事、征利、拒谏，以致天下怨谤也。某则以谓，受命于人主，议法度而修之于朝廷，以受之于有司，不为侵官；举先王之政，以兴利除弊，不为生事；为天下理财，不为征利；辟邪说，难壬人，不为拒谏。

至于怨诽之多，则固前知其如此也。

---

①侵官：谓侵犯他人之职守也。

人习于苟且非一日，士大夫多以不恤①国事，同俗自媚于众为善。上乃欲变此，而某不量敌之众寡，欲出力助上以抗之，则众何为而不汹汹然。盘庚之迁②，胥怨者民也，非特朝廷士大夫而已。盘庚不为怨者故改其度。度义而后动，是而不见可悔故也。

①恤：忧也。　②盘庚：祖丁之子。《尚书》谓盘庚五迁，将迁亳，殷民胥怨，作《盘庚》三篇。

如君实责以在位久，未能助上大有为，以膏泽斯民，则某知罪矣。如曰今日当一切不事事，守前所为而已，则非某之所敢知。无由会晤，不任区区向往之至。

答韶州张殿丞[1]书

某启：伏蒙再赐书，示及先君韶州之政，为吏民称诵，至今不绝。伤今之士大夫不尽知，又恐史官不能记载，以次前世良吏之后。此皆不肖之孤，言行不足信于天下，不能推扬先人之功绪余烈，使人人得闻知之。所以夙夜愁痛，疢心疾首，而不敢息者，以此也。

①韶州：地名，治今广东韶关市西南。张殿丞：名师锡，开封襄邑人。

先人之存，某尚少，不得备闻为政之迹。然尝侍左右，尚能记诵教诲之余。盖先君所存，尝欲大润泽于天下。一物枯槁，以为身羞。大者既不得试，已试乃其小者耳。小者又将泯没而无传，则不肖之孤，罪大衅[1]厚矣，尚何以自立于天地之间耶？阁下勤勤恻恻，以不传为念，非夫仁人君子乐道人之善，安能以及此！

①衅：罪也。

自三代之时，国各有史，而当时之史，多世其家，往往以身死职①，不负其意。盖其所传，皆可考据。后既无诸侯之史，而近世非尊爵盛位，虽雄奇俊烈，道德满衍②，不幸不为朝廷所称，辄不得见于史。而执笔者又杂出一时之贵人，观其在廷论议之时，人人得讲其然不③，尚或以忠为邪，以异为同，诛当前而不栗，讪在后而不羞，苟以餍其忿好之心而止耳。而况阴挟翰墨，以裁前人之善恶，疑可以贷褒，似可以附毁，往者不能讼④当否，生者不得论曲直，赏罚谤誉又不施其间，以彼其私，独安能无欺于冥昧之间邪？善既不尽传，而传者又不可尽信如此。唯能言之君子，有大公至正之道，名实足以信后世者，耳目所遇，一以言载之，则遂以不朽于无穷耳。

---

①以身死职：如春秋时齐崔杼弑庄公，太史书之，为崔所杀；其弟又书，又杀之。　②满衍：充满盈衍也。　③不：同“否”。　④讼：争辩曲直也。

伏惟阁下于先人，非有一日之雅①，余论所及，无党私之嫌。苟以发潜德为己事，务推所闻，告世之能言而足信者，使得论次以传焉。则先君之不得列于史官，岂有恨哉？

---

①雅：平素也。

代人作上凌屯田[1]书

俞跗[2]，疾毉[3]之良者也。其足之所经，耳目之所接，有人于此，狼疾焉而不治，则必焰然[4]以为己病也。虽人也，不以病俞跗焉则少矣[5]。隐而虞[6]俞跗之心，其族姻、旧故有狼疾焉，则何如也。末如之何，其已；未有可以治焉而忽者也。

①凌屯田：名策，字子奇，宣州泾（今安徽泾县）人。由广南西路转运使，进为屯田员外郎。　②俞跗：黄帝时人。　③毉：同“医”。　④焰然：意不自满也。　⑤句谓人未有不望俞跗之治其病者也。　⑥虞：度也。

今有人于此，弱而孤，壮而屯蹙困塞。先大父弃馆舍[1]于前，而先人从之。两世之柩，窭[2]而不能葬也。尝观传记，至《春秋》过时而不葬，与子思[3]所论未葬不变服，则戚然不知涕之流落也。窃悲夫古之孝子、慈孙，严亲之终，如此其甚也。今也乃独以窭故，犯《春秋》之义，拂[4]子思之说，郁其为子孙之心而不得伸，犹人之狼疾也，奚有间哉？

①弃馆舍：谓死后捐弃一切也。《史记》：“今幸奉阳君捐馆舍。”今称人死为“弃馆舍”本此。　②窭（jù）：贫不能为礼之谓也。　③子思：孔子之孙，名伋。受学于曾子，独传孔门心法，作《中庸》，后世称为述圣。　④拂：逆也。

伏惟执事性仁而躬义，悯艰而悼厄，穷人之俞跗也，而又有先人一日之雅，某之疾庶几可以治焉者也。是敢不谋于龟[1]，不介于人，跋千里之途，犯不测之川，而造执事之门，自以为得所归也。执事其忽之欤？

①古灼龟甲以卜。不谋于龟：犹言不谋之于卜也。

与参政王禹玉书

某启：继蒙赐临①，传喻圣训，徬徨踧踖②，无所容措。

①赐临：犹降临也。　②踧踖（cù jí）：恭敬不安貌。

某羁孤①无助，遭值大圣，独排众毁，付以宰事②。苟利于国，岂辞糜殒③？顾自念行不足以悦众，而怨怒实积于亲贵之尤；智不足以知人，而险诐常出于交游之厚。且据势重而任事久，有盈满之忧；意气衰而精力弊，有旷失之惧。历观前世大臣，如此而不知自弛④，乃能终不累国者，盖未有也。此某所以不敢逃逋慢之诛，欲及罪戾⑤未积，得优游里闾，为圣时知止不殆之臣。庶几天下后世，于上拔擢任使，无所讥议。

①羁：寄寓也。羁孤：犹言如旅客之孤独也。　②宰事：宰天下之事也。　③糜殒：糜身殒命也。　④弛：本意放松弓弦也。自弛：犹言自卸仔肩也。　⑤罪戾：罪恶也。

伏惟明公方佐佑大政，上为朝廷公论，下及僚友私计，谓宜少垂念虑，特赐敷陈①。某既不获通章表，所恃在明公一言而已。心之精微，书不能传，惟加悯察，幸甚！不宣。

①特赐敷陈：犹言特为代奏也。

答陈柅书

某启：伏蒙不遗不肖，而身辱先之，示之文章，使得窥究其所蕴①。又取某所以应见问者，序而存之，以宠其行。足下之赐过矣，不敢当也。

①蕴：藏也。

某懦陋浅薄，学未成而仕。其言行往往背戾①于圣人之道。摈而后复者，非一事也。自度尚不足与庸人为师，况如足下之材良俊明，安能一有所补邪？虽然，足下过听，所序而存者，或非某所闻于师友之本指也，则义不得默而已。

①背戾：违背也。

庄生之书①，其通性命之分，而不以死生、祸福累其心，此其近圣人也。自非明智不能及此。明智矣，读圣人之说，亦足以及此。不足以及此，而陷溺于周之说，则其为乱大矣。墨翟非亢然诋圣人而立其说于世，盖学圣人之道而失之耳。虽周亦然。韩氏②作《读墨》，而又谓子夏之后，流而为庄周，则庄、墨皆学圣人而失其源者也。

---

①庄生之书：谓《庄子》也。　②韩氏：谓韩愈也。

老、庄之书具在，其说未尝及神仙，唯葛洪①为二人作传以为仙。而足下谓老、庄潜心于神仙，疑非老、庄之实，故尝为足下道此。老、庄虽不及神仙，而其说亦不皆合于经，盖有志于道者。

---

①葛洪：字稚川，晋句容（今江苏句容）人。著有《抱朴子》，言神仙非虚妄，人能服气养神，制炼丹药，可得仙道。

圣人之说，博大而闳深，要当不遗余力以求之，是二书虽欲读，抑有所不暇。某之所闻如此，其离合于道，惟足下自择之。

虞部郎中赠卫尉卿李公神道碑

公姓李氏，故陇西①人。七世祖讳某，始迁于光山②。五世祖讳某，以其郡人王闽③，从之，始为建安④人。曾祖讳某〔祖讳某〕⑤，皆不仕。考讳某，尝仕江南李氏⑥，稍显矣。江南国除，又举进士，中等，以殿中丞致仕。有学行，名能知人。赠⑦其父大理评事，而己亦以子贵，赠至吏部尚书。游豫章⑧，乐其湖山，曰："吾必终于此。"于是又始为豫章人。尚书之子，伯曰虚己⑨，官至尚书工部侍郎，以材能闻天下。其季则公也。

---

①陇西：秦置陇西郡，治狄道，即今甘肃临洮县。宋置陇西县，即今甘肃陇西县。　②光山：今河南光山县，宋时属光州。　③闽：地当今福建省。　④建安：今福建建瓯市。按《宋史·李虚己传》云，五世祖盈自光州从王潮徙闽，遂家建安。　⑤祖讳某：据吴至父云，"曾祖讳某"下，正宗本有"祖讳某"三字，各本皆脱，应校补。　⑥江南李氏：谓南唐也。　⑦赠：以己官追封先人也。又历代赐给诰敕，生前曰封，身后曰赠。　⑧豫章：今江西南昌。　⑨虚己：字公受。

公讳某，字公济。少笃学，读书兼昼夜不息。一以进士举，不中，即以兄荫为郊社斋郎。再选福州闽清①、洪州靖安②县尉。有能名，迁饶州余干③县令。至于毁淫祠，取其材以为孔子庙，率县人之秀者兴于学。豪宗大姓，敛手不敢犯法。州将部使者奏乞与京官，移之剧县，不报，而坐不觉狱卒杀人以免。当是时，侍郎方以分司就第④。公曰："吾兄老矣，我得朝夕从之游，以洒扫先人庐冢，尚何求而仕？"遂止，不复言仕。侍郎之卒也，天子以公试秘书省校书郎，知江州德安县⑤事。辞不就。后尝一至京师。大臣交口劝说，欲官之，终以其不可强也，而晏元献公⑥为公请，乃除太子洗马致仕。

---

①福州闽清：今福建闽清县。　②洪州靖安：今江西靖安县。　③饶州余干：今江西余干县。　④就第：归第也。　⑤江州德安县，今江西德安县。　⑥晏元献公：名殊，字同叔，抚州临川人，虚己婿。

初尚书未老，弃其官以归。至侍郎及公之退也，亦皆未老。自尚书至公，再世皆有子，而皆以严治其家如吏治。江西士大夫慕其世德，称其家法。盖近世士多外自藩饰①为声名，而内实罕能治其家。及老，往往顾利冒耻②，不知休息。公独父子兄弟能如此。呜呼！其可谓贤于人也已！公事亲孝，比遭大丧，庐墓六年然后已。事兄与其寡姊，衣食药物，必躬亲之。及公老矣，二子就养，如公之为子弟也。

---

①藩饰：犹掩饰也。　②冒耻：不知耻也。

宽尝为江浙等路提点铸钱坑冶，又尝提点江南西路刑狱。定亦再为洪州①官，不去左右者十二年。皆以才能，为世闻。人以恩，迁公官至尚书虞部郎中，阶至朝奉郎②，勋至护军。以嘉祐四年七月某甲子，卒于豫章之第室，年八十九。夫人长寿县君赵氏，先公卒八年，既葬矣。五年某月某甲子，以公葬于夫人之墓左，曰雷冈，在新建县③之桃花乡新里。夫人故衢州④人，某官湘⑤之女。湘有文行，尚书与为友，故为公娶其女。子三人：宽、定、实。实守秘书省正字，早世。于公之葬也，宽为尚书司勋员外郎，定为尚书康部员外郎。女子二人，已嫁。孙二十有一人。曾孙十有五人，皆率公教，无违者。公既葬，而二子以恩赠公卫尉卿云。铭曰：

---

①洪州：治今江西南昌。　②阶至朝奉郎：一本作“阶户部侍郎”。　③新建县：今江西新建县。　④衢州：治今浙江衢州。　⑤湘：赵湘也，字叔灵，衢州人。

李世大家，陇西其先。于唐之季，再世光山。移遁于闽，岭海之间。乃生尚书，节行有伟。始来江南，考室章水[①]。绳绳[②]二子，隐显兼荣。孰多厚禄？其季维卿。幼壮躬孝，唯君之践。能不尽用，止于一县。退以德义，釐身于家。外内肃雍[③]，人不疵嗟。亦有二子，维天子使。父曰往矣，致而臣身。子曰归哉，以宁吾亲。以率其妇，左右恂恂[④]。以官就侍，天子之仁。既具祉福，考终大耋[⑤]。追荣于幽，乃赐卿号。伐石西山，作为螭龟[⑥]，营之墓上，勒[⑦]此铭诗。

---

①考室：成室也。章水：即古豫章水，亦名南江，为江西赣江之西源。　②绳绳：不绝貌。　③肃雍：敬而和也。　④恂恂：和悦貌。　⑤耋：八十九十曰耋。　⑥螭龟：所以负碑者。螭，亦龙属。　⑦勒：刻也。

广西转运使孙君墓碑

君少学问勤苦，寄食浮屠山中，步行借书数百里，升楼诵之而去其阶[1]，盖数年而具众经，后遂博极天下之书。属文，操笔布纸，谓为方思，而数百千言已就[2]。以天圣[3]五年同学究出身[4]，补滁州来安县[5]主簿、洪州右司理。再举进士甲科，迁大理寺丞，知常州晋陵县，移知浔州[6]。浔当是时，人未趋学[7]。乃改作庙学，召吏民子弟之秀者，亲为据案讲说，诱劝以文艺。居未几，旁州士皆来学，学者由此遂多。以选，通判耀州[8]。兵士有讼财而不直者，安抚使以为直，君争之不得，乃奏决于大理[9]。大理以君所争为是，而用君议编于敕。庆历[10]二年，擢为监察御史里行。于是弹奏狄武襄公[11]。不当沮败刘沪水洛城事[12]。又因日食言阴盛，以后宫为戒。仁宗大猎于城南，卫士不及整而归以夜。明日，将复出，有雉陨于殿中。君奏疏，即是夜有诏止猎。蛮唐和[13]寇湖南，以君安抚，奏事有所不合，因自劾，乃知复州[14]。又通判金州[15]，知汉阳军吉州[16]，稍迁至尚书都官员外郎，提点江南西路刑狱。有言常平[17]岁凶，当稍贵其粟。以利粜本者。诏从之。君言此非常平本意也。诏又从之。

①阶：梯也。　②就：成也。　③天圣：宋仁宗年号。　④同学究出身：宋制，殿试贡士，有学究一科。学究有出身，属吏部。　⑤滁州来安县：今亦名为来安县，属安徽。　⑥浔州：治今广西桂林。　⑦趋学：向学也。　⑧耀州：治今陕西铜川耀州区。　⑨大理：掌刑之官。　⑩庆历：宋仁宗年号。　⑪狄武襄公：名青，字汉臣，西河人。平侬智高有大功。　⑫刘沪水洛城事：郑戬为陕西四路都总管，遣刘沪、董士廉，城水洛以通秦渭援兵。时尹洙为泾原路经略部署，以为前此屡困于贼者，正由城砦多而兵势分也。今又益城，不可。奏罢之。时戬已解四路，而奏沪等督役如故。洙不平，遣人再召沪，不至。命张忠往代之，又不受。于是谕狄青械沪、士廉下吏。戬论奏不已，卒徙洙庆州而城水洛。　⑬唐和：桂阳监蛮猺，后降，补为峒主。　⑭复州：治今湖北仙桃。　⑮金州：治今甘肃榆中。　⑯汉阳军：今湖北武汉汉阳。　⑰吉州：治今江西吉安。　⑱常平：即常平仓，其法始于汉宣帝时，谷贱时增价而籴，贵时减价而粜。唐置常平署令掌仓粮、管钥、出纳籴粜。

依智高反，君即出兵二千于岭，以助英、韶[①]。会除广西转运使，驰至所部，而智高方煽，天子出大臣，部诸将兵数万击之。君驱散亡残败之吏民，转刍米于惶扰卒急之间；又以余力，督守吏治城堑，修器械。属州多完，而师饱以有功，君劳居多。以劳迁尚书司封员外郎。初，君请斩大将之北者，发骑军以讨贼。及后贼所以破灭，皆如君计策。军罢而人重困，方恃君绥抚。君乘险阻，冒瘴毒，经理出入，启居无时，以皇祐三年三月初七日卒于治所，年五十四，官至尚书工部郎中，散官至朝奉郎，勋至上骑都尉。

①英：治今广东英德。韶：治今广东韶关。

君所为州，整齐其大体，阔略其细故。与宾客谈说，弦歌饮酒，往往终日。而能听用佐属尽其力，事以不废。在御史言事，计曲直利害如何，不顾望大臣，以此无助。所为文，自少及终，以类集之，至百卷。天德、地业、人事之治，掇拾贯穿，无所不言，而诗为多。

君讳抗，字和叔，姓孙氏，得姓于卫①，得望于富春②。其在黟县③，自君之高祖，弃广陵以避孙儒之乱④。而至君曾大父讳师睦，善治生以致富。岁饥，贱出米谷，以斗升付籴者，得欢心于乡里。大父讳旦，始尽弃其产，而能招士以教子。父讳遂良，当终时，君始十余岁。后以君故赠尚书职方员外郎。君初娶张氏，又娶吴氏，又娶舒氏，封太康县君。五男子：適、邈、迪、适、遘。适尝从余游，年十四，论议著书，足以惊人，终永州⑤军事推官。邈今潞州上党县⑥令，亦好学能文。状君行以求铭者，邈也。君之卒也，天子以适试秘书省校书郎。二女子：一嫁太庙斋郎⑦李简夫，一嫁进士郑安平。君以其卒之年十二月二十五日，葬黟县怀远乡上林村。

①得姓于卫：按《唐书·宰相世系表》谓孙氏出自姬姓，卫康叔八世孙武公和生公子惠孙，惠孙生耳，为卫上卿，食采于戚，生武仲乙，以王父字为氏。　②得望于富春：富春，今为浙江富阳市。按郑樵《通志》谓孙氏妫姓，齐陈桓子无宇之后，桓子曾孙武，以齐之田、鲍四族谋为乱，奔吴为将。武之子明，食邑于富春，自是世为富春人。据此则为妫姓之孙，而非姬姓之孙矣。　③黟县：今安徽黟县。　④广陵：今江苏扬州江都区。孙儒：唐僖宗文德元年，孙儒破扬州，自为淮南节度使，后为杨行密所败死。　⑤永州：治今湖南宁远。　⑥潞州上党：山西长治市，旧属冀宁道。　⑦太庙斋郎：一本作“秘书省校书郎”。

歙[①]之为州在山岭涧谷崎岖之中。自去五代之乱百年，名士大夫，亦往往而出，然不能多也。黟尤僻陋，中州能人贤士之所罕至。君孤童子，徒步宦学，终以就立，为朝廷显用。论次终始，作为铭诗，岂特以显孙氏而慰其子孙，乃亦以诒其乡里。铭曰：

①歙：治今安徽歙县。

在仁宗世，蛮跳不制。馈师牧民，实有肤使[①]。践艰乘危，条变画奇。瘴毒[②]既除，膏熨以治。方迁既陨，哀暨山夷。维此肤使，文优以仕。禄则不殖，其书满笥。书藏于家，铭在墓前，以告黟人，孙氏之阡。

---

①肤：大也。　②瘴毒：犹言疮毒。

亡兄王常甫墓志铭

先生七岁好学，毅然不苟戏笑，读书二十年。当庆历中，天子以书赐州县，大置学。先生学完行高，江淮间州争欲以为师。所留，辄以《诗》《书》《礼》《易》《春秋》授弟子。慕闻来者，往往千余里。磨砻淬濯①，成就其器，不可胜数。而先生始以进士下科补宣州②司户。至三月，转运使以监江宁府盐院。又三月卒。又七月葬，则卒之明年四月也，实皇祐四年。墓在先君东南五步。先君姓王氏，讳益，官世行治既有铭。先生其长子，讳安仁，字常甫。年三十七。生两女。

---

①磨砻淬濯：谓既磨练之，又洗濯之也。　②宣州：治今安徽宣州。

呜呼！先生之道德，蓄于身而施于家，不博见于天下。文章名于世，特以应世之须尔。大志所欲论著，盖未出也。而世之工言能使不朽者，又知先生莫能深。呜呼！先生之所存，其卒于无传耶？

始先生常以为功与名不足怀，盖亦有命焉。君子之学，尽其性而已。然则先生之无传，盖不憾也。虽然，先生孝友最隆，委百世之重[①]而无所属以传，有母有弟，方壮而夺之，使不得相处以久，先生尚有知，其无穷忧矣。呜呼！以往而推存，痛其有已邪？痛其有已邪？先生有文十五卷，其弟既次[②]以藏其家，又次行治藏于墓。呜呼！酷矣！极矣！铭止矣！其能使先生传邪？

---

①委百世之重：谓委之以百世之重任也。　②次：次第之也。

泰州海陵县[①]主簿许君墓志铭

君讳平，字秉之，姓许氏。余尝谱其世家，所谓今泰州海陵县主簿者也。君既与兄元[②]相友爱称天下，而自少卓荦不羁，善辨说，与其兄俱以智略为当世大人所器。宝元时，朝廷开方略之选，以招天下异能之士，而陕西大帅范文正公[③]、郑文肃公[④]，争以君所为书以荐。于是得召试为太庙斋郎，已而选泰州海陵县主簿。贵人多荐君有大才，可试以事，不宜弃之州县。君亦常慨然自许，欲有所为。然终不得一用其智能以卒。噫！其可哀也已！

---

①泰州海陵县：江苏姜堰市，旧属淮扬道。　②元：字子春。庆历中，擢江淮制置发运判官。在江淮十三年，以聚敛刻剥为能，多聚珍奇，急于进取，以赂遗京师权贵。迁郎中，历知扬、越、秦州。　③范文正公：名仲淹，字希文，苏州吴县（今苏州吴江市）人，为宋名臣。　④郑文肃公：名戬，字天休，苏州吴中区人。

士固有离世异俗，独行其意，骂讥，笑侮，困辱而不悔。彼皆无众人之求，而有所待于后世者也，其龃龉固宜。

若夫智谋功名之士，窥时俯仰，以赴势物之会而辄不遇者，乃亦不可胜数。辩足以移万物，而穷于用说之时；谋足以夺三军，而辱于右武[1]之国：此又何说哉？嗟乎！彼有所待而不悔者，其知之矣。

---

①右武：尚武也。

君年五十九。以嘉祐某年某月某甲子，葬真州之扬子县[1]甘露乡某所之原。夫人李氏。子男瑰，不仕；璋，真州[2]司户参军。琦，太庙斋郎；琳，进士。女子五人。已嫁二人：进士周奉先，泰州泰兴县[3]令陶舜元。铭曰：有拔而起之，莫挤而止之。呜呼许君！而已于斯，谁或使之？

---

①扬子县：今江苏仪征。　②真州：今江苏仪征。
③泰兴：今江苏泰兴。

兵部员外郎马君墓志铭

马君讳遵，字仲涂，世家饶州之乐平①。举进士，自礼部至于廷，书其等皆第一。守秘书省校书郎，知洪州之奉新县②，移知康州③。当是时，天子更置大臣，欲有所为，求才能之士，以察诸路。而君自大理寺丞除太子中允，福建路④转运判官。以忧⑤不赴。忧除⑥，知开封县⑦，为江淮、荆湖、两浙⑧制置发运判官。于是君为太常博士。朝廷方尊宠其使事，以监六路，乃以君为监察御史，又以为殿中侍御史，遂为副使。已而还之台⑨，以为言事御史。至则弹宰相之为不法者⑩。宰相用此罢，而君亦以此出知宣州。至宣州一日，移京东路⑪转运使。又还台为右司谏，知谏院，又为尚书礼部员外郎，兼侍御史，知杂事，同判流内铨。数言时政，多听用。

---

①饶州之乐平：江西乐平市，旧属浔阳道。 ②洪州之奉新：江西奉新县，旧属浔阳道。 ③康州：治今广东高要市。 ④福建路：地当今福建省。 ⑤忧：居丧曰忧。 ⑥忧除：除丧服也。 ⑦开封县：今河南开封市。 ⑧江淮：今江苏、安徽江淮两水间之地。荆湖：地当今湖北、湖南。两浙：谓

浙东、浙西之地。　⑨台：台官也。宋制，台官专主纠劾官邪，与谏院之掌从规谏者各分职守。　⑩弹宰相之为不法者：谓遵与吕景初、吴中复奏弹梁适与刘宗孟连姻，宗孟与冀州富人共商贩。下开封府劾治，不实，皆坐贬。　⑪京东路：宋置其地东至海；西抵汴，南极淮泗，北薄于河。仁宗又分京东为东西两路。

始君读书，即以文辞辩丽称天下。及出仕，所至号为办治。论议条畅，人反覆之而不能穷。平居颓然，若与人无所谐。及遇事有所建，则必得其所守。开封常以权豪请托不可治。客至有所请，君辄善遇之，无所拒。客退，视其事，一断以法。居久之，人知君之不可以私属也，县遂无事。及为谏官御史，又能如此。于是士大夫叹曰："马君之智，盖能时其柔刚以有为也。"

嘉祐二年，君以疾求罢职以出，至五六，乃以为尚书吏部员外郎，直龙图阁，犹不许其出。某月某甲子，君卒，年四十七。天子以其子某官某为某官，又官其兄子持国某官。夫人某县君郑氏。以某年某月某甲子，葬君信州之弋阳县①归仁乡里沙之原。

---

①信州之弋阳县：今江西弋阳县。

君故与予善。予常爱其智略，以为今士大夫多不能如。

惜其不得尽用，亦其不幸早世，不终于贵富也。然世方惩尚贤、任智之弊，而操成法以一天下之士，则君虽寿考且终于贵富，其所畜亦岂能尽用哉？呜呼！可悲也已！

既葬，夫人与其家人谋，而使持国来以请曰："愿有纪也，使君为死而不朽。"乃为之论次而系之以辞曰：

归以才能兮，又予以时。投之远途兮，使骤而驰。前无御者兮，后有推之。忽税不驾兮，其然奚为？哀哀茕[1]妇兮，孰慰其思。墓门有石兮，书以余辞。

①茕：单独无依也。

临川王君墓志铭

孔子论天子、诸侯、卿大夫、士庶人之孝，固有等矣。至其以事亲为始而能竭吾才，则自圣人至于士，其可以无憾焉一也。

余叔父讳师锡，字某。少孤。则致孝于其母，忧悲愉乐，不主于己，以其母而已。学于他州，凡被服、饮食、玩好之物，苟可以惬吾母而力能有之者，皆聚以归，虽甚劳窘，终不废。丰其母，以及其昆弟、姑、姊妹，不敢爱其力之所能得；约其身，以及其妻子，不敢慊①其意之所欲为。其外行，则自乡党、邻里及其尝所与游之人，莫不得其欢心。其不幸而蚤死也，则莫不为之悲伤叹息。夫其所以事亲能如此，虽有不至，其亦可以无憾矣。

①慊：心有不足也。

自庠序聘举之法坏，而国论不及乎闺门之隐，士之务本者，尝诎于浮华浅薄之材。故余叔父之卒，年三十七，数以进士试于有司，而犹不得禄赐，以宽一日之养焉。而世之论士也，以苟难为贤，而余叔父之孝，又未有以过古之中制也，以故世之称其行者亦少焉。盖以叔父自为，则由外至者，吾无意于其间可也。自君子之在势者观之，使为善者不得职而无以成名，则中材何以勉焉？悲夫！

叔父娶朱氏。子男一人，某，女子一人，皆尚幼。其葬也，以至和四年，祔于真州某县某乡铜山[1]之原，皇考谏议公之兆。为铭。铭曰：

---

①铜山：在今江苏仪征西北。

天孰为之？穷孰为之？为吾能为，已矣无悲。

王深甫墓志铭

吾友深父，书足以致其言，言足以遂其志。志欲以圣人之道为己任，盖非至于命弗止也。故不为小廉、曲谨，以投①众人耳目，而取舍、进退、去就，必度于仁义。世皆称其学问文章行治。然真知其人者不多，而多见谓迂阔，不足趣时合变。嗟乎！是乃所以为深父也。令深父而有以合乎彼，则必无以同乎此矣。尝独以谓天之生夫人也。殆将以寿考成其材，使有待而后显，以施泽于天下。或者诱其言，以明先王之道，觉后世之民。呜呼！孰以为道不任于天，德不酬于人，而今死矣？甚哉！圣人君子之难知也！以孟轲之圣，而弟子所愿，止于管仲、晏婴②，况余人乎？至于扬雄③，尤当世之所贱简。其为门人者，一侯芭④而已。芭称雄书以为胜《周易》。《易》不可胜也，芭尚不为知雄者。而人皆曰，古之人生无所遇合，至其没久而后世莫不知。若轲、雄者，其殁皆过千岁，读其书，知其意者甚少。则后世所谓知者，未必真也。夫此两人以老而终，幸能著书，书具在，然尚如此。嗟乎深父！其智虽能知轲，其于为雄，虽几可以无悔。然其志未就，其书未具，而既早死，岂特无所遇于今，又将无所传于后。天之生夫人也，而命之如此，盖非余所能知也。

①投：合也。　②以孟轲之圣，而弟子所愿，止于管仲，晏婴：意本《孟子》：公孙丑问曰：“夫子当路于齐，管仲晏子之功，可复许乎？”　③扬雄：汉成都人，字子云。为人好古乐道，不慕荣利，独以文章名世。所著有《太玄》《法言》《方言》等书。　④侯芭：汉巨鹿人，常从扬雄居，受其《太玄》《法言》。

深父讳回，本河南王氏。其后自光州之固始①迁福州之侯官②，为侯官人者三世。曾祖讳某，某官。祖讳某，某官。考讳某，尚书兵部员外郎。兵部葬颍州之汝阴③，故今为汝阴人。深父尝以进士补亳州卫真县④主簿，岁余自免去。有劝之仕者，辄辞以养母。其卒以治平⑤二年七月二十八日，年四十三。于是朝廷用荐者，以为某军节度推官，知陈州南顿县⑥事。书下而深父死矣。夫人曾氏，先若干日卒。子男一人，某，女二人，皆尚幼。诸弟以某年某月某日，葬深父某县某乡某里，以曾氏祔。铭曰：

①固始：今河南固始。　②侯官：今福建闽侯。　③颍州汝阴：今安徽阜阳。　④亳州卫真县：今河南鹿邑。　⑤治平：宋英宗年号。　⑥陈州南顿县：故城在今河南项城北。

呜呼深父！维德之仔肩[①]，以迪祖武。厥艰荒遐，力必践取。莫吾知庸，亦莫吾侮。神则尚反，归形此土。

①仔肩：犹言责任。

葛兴祖墓志铭

许州长社县[1]主簿葛君，讳良嗣，字兴祖。其先处州之丽水[2]人，而兴祖之父徙居明州之鄞[3]，兴祖葬其父润州之丹徒[4]，故今又为丹徒人矣。曾大父讳遇，不仕。大父讳旰，赠尚书都官郎中。父讳源，以尚书度支郎中终仁宗时。度支君三子，当天圣、景祐[5]之间，以文有声，赫然进士中。先人尝受其挚[6]，阅之终篇，而屡叹葛氏之多子也。既而三子者，伯仲皆蚤死，独其季在，即兴祖。

①许州长社县：今河南长葛。　②处州之丽水：今浙江丽水。　③明州之鄞：今浙江宁波鄞州区。　④润州之丹徒：今江苏镇江。　⑤天圣景祐：皆宋仁宗年号。　⑥挚：通“贽”。

兴祖博知多能，数举进士，角[1]出其上。而刻励修洁，笃于亲友，慨然欲有所为，以效于世者也。年四十余，始以进士出仕州县。余十年，而卒穷于无所遇以死。

①角：棱也。

嗟乎！命不可控引，而才之难恃以自见，盖久矣。然兴祖于仕未尝苟，闻人疾苦，欲去之如在己。其临视虽细故，人不以属耳目者，必皆致其心。论者多怪之，曰："兴祖且老矣，弊于州县而服勤如此。"余曰："是乃吾所欲于兴祖。夫大仕之则奋，小仕之则怠忽以不治，非知德者也。"兴祖闻之，以余之言为然。

兴祖娶胡氏，又娶郑氏。其卒年五十三，实治平二年三月辛巳。其葬以胡氏祔，在丹徒之长乐乡显扬村，即其年十一月某甲子也。兴祖三男子：蘩、蕴皆有文学。蘩，许州临颍县①主簿。蕴，邓州穰县②主簿。苹，尚幼也。四女子，皆未嫁云。铭曰：

①许州临颍县：今河南临颍县。 ②邓州穰县：今河南邓州。

蹇①于仕以为人尤，不慭②施以年，孰主？孰谋？无大憾于德，又将何求？

①蹇：艰难也。 ②慭（yìn）：愿。

秘阁校理丁君墓志铭

朝奉郎、尚书司封员外郎、充秘阁校理、新差通判永州军州、兼管内劝农事、上轻车都尉、赐绯鱼袋晋陵丁君卒，临川王某曰："噫！吾僚也，方吾少时，辅我以仁义者。"乃发哭吊其孤，祭焉而许以铭。越三月，君婿以状①至，乃叙铭赴其葬。

①状：即行状，述死者生平行事之文也。裴松之《三国志》曾引先贤行状，则行状当始于魏晋间，但其例未详。唐制三品以上荐亡，故吏录其行状申尚书省考功校勘，下太常博士议谥法。近世则多子孙叙述其先人之德业，以为征求铭诔之用，亦称行述。

叙曰：君讳宝臣，字元珍。少与其兄宗臣，皆以文行称乡里，号为"二丁"。景祐中，皆以进士起家。君为峡州①军事判官，与庐陵欧阳公②游，相好也。又为淮南节度掌书记。或诬富人以博，州将，贵人也，猜而专，吏莫敢议。君独力争正其狱。又为杭州观察判官。用举者，兼州学教授。又用举者，迁太子中允，知越州剡县③。盖其始至，流大姓一人，而县遂治。卒除弊兴利甚众，人至今言之。于是再迁为太常博士，移知端州④。侬智高反，攻至其治所。君出战，能有所捕斩，然卒不胜，乃与其州人皆去而避之，坐免一官，徙黄州⑤。会恩，除太常丞，监湖州⑥酒。又以大臣有解举者，迁博士，就差知越州诸暨县⑦。其治诸暨如剡，越人滋⑧以君为循吏也。英宗即位，以尚书屯田员外郎、编校秘阁书籍，遂为校理、同知太常礼院。

①峡州：治今湖北宜昌。②庐陵欧阳公：即欧阳修，字永叔。宋仁宗时为谏官。晚自号亦一居士，以文章冠天下。③越州剡县：今浙江嵊县。④端州：今广东高要。⑤黄州：治今湖北黄冈。⑥湖州：治今浙江湖州。⑦越州诸暨县：今浙江诸暨。⑧滋：益也。

君质直自守，接上下以恕。虽贫困，未尝言利。于朋友故旧，无所不尽。故其不幸废退，则人莫不怜；少进也，则皆为之喜。居无何，御史论君尝废矣，不当复用，遂出通判永州。世皆以咎言者，谓为不宜。夫驱未尝教之卒，临不可守之城，以战虎狼百倍之贼，议今之法则，独可守死尔；论古之道，则有不去以死，有去之以生。吏方操法以责士，则君之流离穷困，几至老死，尚以得罪于言者，亦其理也。

君以治平三年，待阙于常州①，于是再迁尚书司封员外郎，以四年四月四日卒，年五十八。有文集四十卷。明年二月二十九日，葬于武进县怀德北乡郭庄之原。君曾祖讳耀，祖讳谅，皆不仕。考讳柬之，赠尚书工部侍郎。夫人饶氏，封晋陵县君，前死。子男隅，太庙斋郎。除、隮为进士。其季恩儿尚幼。女嫁秘书省著作佐郎、集贤校理、同县胡宗愈。其季未嫁。嫁胡氏者亦又死矣。铭曰：

①常州：今江苏常州武进区。

文于辞为达，行于德为充，道于古为可，命于今为穷。呜呼已矣！卜此新宫。

处士征君墓表

淮之南，有善士三人，皆居于真州之扬子①：杜君者，寓于医②，无贫富贵贱，请之辄往。与之财，非义，辄谢而不受。时时穷空，几不能以自存，而未尝有不足之色。盖善言性命之理，而其心旷然无累于物。而予尝与之语，久之而不厌也。

①真州之扬子：今江苏仪征。　②寓：寄托也。寓于医：犹言寄托于医。

徐君，忠信笃实，遇人至谨，虽疾病，召筮①，不正衣巾不见。寓于筮，日得百数十钱则止，不更筮也。能为诗，亦好属文，有集若干卷。

①筮：以蓍草占休咎之术也。

两人者，以医、筮故，多为贤士大夫所知，而征君独不闻于世。征君者，讳某，字某，事其母夫人至孝。居乡里，恂恂恭谨，乐振①人之穷急，而未尝与人校曲直。好蓄书，能为诗。有子五人，而教其三人为进士：某今为某官，某今为某官，某亦再贡于乡。征君与两人者相为友，至欢而莫逆①也。两人者，皆先征君以死，而征君以某年某月某甲子终于家，年七十七。

---

①振：救也。　②莫逆：同心相契也。本《庄子》“相视而笑，莫逆于心”句。

噫！古者一乡之善士，必有以贵于一乡；一国之善士，必有以贵于一国。此道亡也久矣！余独私爱夫三人者，而乐为好事者道之，而征君之子又以请，于是书以遗之，使之镵诸墓上。杜君讳婴，字太和。徐君讳仲坚，字某。

给事中孔公墓志铭

宋故朝请大夫、给事中、知郓州军州事、兼管内河堤劝农同群牧使、上护军、鲁郡开国侯、食邑一千六百户、食实封二百户、赐紫金鱼袋孔公者，尚书工部侍郎、赠尚书吏部侍郎讳勖之子，兖州曲阜①县令、袭封文宣公、赠兵部尚书讳仁玉之孙，兖州泗水县②主簿讳光嗣之曾孙，而孔子之四十五世孙也。

①兖州曲阜：山东曲阜，旧属济宁道。　②兖州泗水县：今山东泗水县。

其仕当今天子天圣、宝元之间，以刚毅谅直名闻天下。尝知谏院矣，上书请明肃太后①归政天子，而廷奏枢密使曹利用②、上御药罗崇勋③罪状。当是时，崇勋操权利，与士大夫为市；而利用悍强不逊，内外惮之。尝为御史中丞矣，皇后郭氏废，引谏官、御史伏阁以争④，又求见上，皆不许，而固争之，得罪然后已。盖公事君之大节如此。此其所以名闻天下，而士大夫多以公不终于大位，为天下惜者也。

①明肃太后：宋真宗后刘氏。 ②曹利用：字用之，赵州宁晋人。章献后临朝，中贵戚轩轾为祸福。凡内降恩，利用力持不与，左右多怨，为内侍所构，贬房州安置，自经死。 ③罗崇勋：太监。得罪太后，使利用戒饬之。利用去其冠帻，诟斥良久，崇勋由是恨之。 ④引谏官御史伏阁以争：道辅率谏官孙祖德、范仲淹、宋郊、刘涣、御史蒋堂、郭劝、杨偕、马绛、段少连十人，请垂拱殿伏奏，皇后天下之母，不当轻议绌废，愿赐对尽所言。宰相吕夷简言伏阁请对，非太平美事，于是黜道辅知泰州。

公讳道辅，字厚济①。初以进士释谒②，补宁州③军事推官。年少耳，然断狱议事，已能使老吏惮惊，遂迁大理寺丞，知兖州仙源县④事，又有能名。其后尝直史馆，待制龙图阁，判三司理欠凭由司，登闻检院，吏部流内铨，纠察在京刑狱，知许、徐、兖、郓、泰⑤五州，留守南京⑥。而兖、郓、御史中丞皆再至。所至官治，数以争职不阿，或绌或迁。而公持一节以终身，盖未尝自讪也。

①厚济：按《宋史》字原鲁，初名延鲁。 ②释褐：旧制，殿试后，所进士诣太学释谒，行释菜礼，簪花饮酒而出。谓释贱者之服而服官服也。 ③宁州：治今甘肃宁县。 ④兖州仙源县：今山东曲阜。 ⑤许：州名，治今河南许昌。徐：州名，治今江苏铜山县。兖：州名，今山东兖州市。郓：州名，

治今山东东平。泰：州名，治今江苏泰州。⑥南京：宋之南京应天府，治今河南商丘。

其在兖州也，近臣有献诗百篇者，执政请除龙图阁直学士。上曰："是诗虽多，不如孔道辅一言。"乃以公为龙图阁直学士。于是人度公为上所思，且不久于外矣。未几，果复召以为中丞。而宰相使人说公，稍折节以待迁，公乃告以不能，于是又度公且不得久居中，而公果出。

初，开封府吏冯士元坐狱，语连大臣数人，故移其狱御史。御史劾士元罪，止于杖，又多更赦。公见上，上固怪士元以小吏与大臣交私，污朝廷，而所坐如此；而执政又以谓公为大臣道地①，故出知郓州。

---

①公为大臣道地：道辅受诏鞫冯士元狱，事连参知政事程琳。宰相张士逊素恶琳，而疾道辅不附己，将逐之。察帝有不悦琳意，即谓道辅，上顾程公厚，今为小人所诬，见上为辨之。道辅入对，言琳罪薄不足深治。帝果怒，以道辅朋党大臣，出知郓州。

公以宝元二年如郓，道得疾，以十二月壬申，卒于滑州之韦城驿①，享年五十四。其后诏追复郭皇后位号②，而近臣有为上言公明肃太后时事者，上亦记公平生所为，故特赠公尚书工部侍郎。公夫人金城郡君尚氏，尚书都官员外郎讳宾之女。生二男子，曰淘，今为尚书屯田员外郎，曰宗翰，今为太常博士：皆有行治世其家，累赠公金紫光禄大夫、尚书兵部侍郎，而以嘉祐七年十月壬寅，葬公孔子墓之西南百步。

---

①滑州之韦城驿：在今河南滑县东南。　②诏追郭皇后位号：后于景祐元年出居瑶华宫，赐号金庭教主、冲静元师，后帝颇念之，尝密令召入。不数日病死，上深悼之，追复皇后。

公廉于财，乐振施。遇故人子，恩厚尤笃。而尤不好鬼神机祥事。在宁州，道士治真武①像，有蛇穿其前，数出近人，人传以为神。州将欲视验以闻，故率其属往拜之，而蛇果出。公即举笏击蛇杀之。自州将以下皆大惊，已而又皆大服。公由此始知名。然余观公数处朝廷大议，视祸福无所择，其智勇有过人者，胜一蛇之妖，何足道哉？世多以此称公者，故余亦不得而略也。铭曰：

---

①真武：即玄武，北方之神。

展①也孔公，维志之求。行有险夷，不改其辀②。权强所忌，谗谄所仇。考终厥位，宠禄优优。维皇好直，是锡公休。序行纳铭，为识诸幽。

---

①展：诚也。　②辀：车前曲木上钩衡者。不改其辀：犹言不改其志也。

荆湖北路转运判官尚书屯田郎中刘君墓志铭并序

治平元年五月六日，荆湖北路转运判官、尚书屯田郎中刘君，年五十四，以官卒。三年，卜十月某日，葬真州扬子县蜀冈①，而子洙以武宁章望之②状来求铭。噫！余故人也！为序而铭焉。序曰：

①蜀冈：在江苏江都市北四里，上有蜀井，相传地脉通蜀。②武宁章望之：字表民，建州浦城人。武宁，今江西武宁。按章氏之先，为豫章人，武宁豫章郡属县。

君讳牧，字先之。其先杭州临安县①人。君曾大父讳彦琛，为吴越王将，有功，刺衢州，葬西安②，于是刘氏又为西安人。当太宗时，尝求诸有功于吴越者录其后，而君大父讳仁祚，辞以疾。及君父讳知礼，又不仕，而乡人称为君子。后以君故，赠官至尚书职方郎中。

①杭州临安县：今浙江临安。　②西安：宋衢州治西安，即今浙江衢州。

君少则明敏，年十六，求举进士不中，曰："有司岂枉我哉？"乃多买书，闭户治之。及再举，遂为举首，起家饶州军事推官。与州将争公事，为所挤，几不免。及后将范文正公至，君大喜曰："此吾师也。"遂以为师。文正公亦数称君，勉以学。君论议仁恕，急人之穷，于财物无所顾计，凡以慕文正公故也。弋阳富人为客所诬，将抵死，君得实以告。文正公未甚信，然以君故，使吏杂治之。居数日，富人得不死。文正公由此愈知君，任以事。岁终，将举京官，君以让其同官有亲而老者。文正公为叹息许之，曰："吾不可以不成君之善。"及文正公安抚河东，乃始举君可治剧，于是君为兖州观察推官。又学《春秋》于孙复①，与石介②为友。州旱蝗，奏便宜十余事。其一事，请通登、莱③盐商。至今以为赖，改大理寺丞，知大名府馆陶县④。中贵人随契丹⑤使，往来多扰县，君视遇有理，人吏以无所苦。先是多盗，君用其党推逐，有发辄得，后遂无为盗者。诏集强壮刺其手为义勇，多惶怖，不知所为，欲走。君谕以诏意，为言利害，皆就刺，欣然曰："刘君不吾欺也。"留守称其能，虽府事往往咨君计策。用举者通判广信军⑥，以亲老不行，通判建州⑦。当是时，今河阳宰相富公，以枢密副使使河北，奏君掌机宜文字。保州兵士为乱⑧，富公请君抚视。君自长垣⑨乘驿至其城下，以三日，会富公罢出，君乃之建州。方并属县诸里，均其徭役，人大喜，而遭职方君丧以去。通判青州⑩，又以母夫人丧罢。又通判庐州⑪。朝廷弛茶榷，以君使江西，议均其税，盖期年而后反。客曰："平生闻君敏而敢为，今濡滞若此，何故也？"君笑曰："是固君之所能易也，而我则不能。且是役也，朝廷岂以为它，亦曰爱人而已。今不深知其利害，而苟简以成之，君虽以吾为敏，而人必有不胜其弊者。"及奏事皆听，人果便之。除广南西路转运判官。于是修险厄，募丁壮，以灭戍卒，徙仓便输，考摄官功次，绝其行赇⑫。居二年，凡利害无所不兴废，乃移荆湖北路。至逾月卒。家贫无以为丧，自棺椁诸物，皆荆南士人为具。

---

①孙复：宋平阳人，字明复。居泰山，以《春秋》教授。②石介：宋兖州人，字守道。笃学有志向，乐善疾恶，鲁人称为徂徕先生。　③登：登州，治今山东蓬莱。莱：莱州，治今山东莱州。　④馆陶县：地即今山东之馆陶县也。　⑤契丹：国名，东胡种。其先轲比能为魏所杀，众遂微，保潢水之南黄龙之北。至后魏时号契丹。及宋，屡为中国边患。后改国号曰辽，为金所灭。　⑥广信军：即威勇军，今河北徐水县西。⑦建州：治今福建建瓯市。　⑧保州兵士为乱：按《宋史》，仁宗时，保州云翼军杀州吏，据城叛。保州，治今河北清苑县。⑨长垣：今河南长垣县。　⑩青州：治今山东青州市。　⑪庐州：治今安徽合肥。　⑫赇（qiú）：贿赂。

君娶江氏，生五男二女。男曰洙、沂、汶为进士。洙以君故，试将作监主簿。余尚幼。初君为范富二公所知，一时士大夫争誉其才，君亦慨然自以当得意。已而迍邅[1]流落，抑没于庸人之中。几老矣，乃稍出为世用。若将有以为也，而既死。此爱君者所为恨惜。然士之赫赫为世所愿者可睹矣。以君始终得丧相除，亦何彼负之有哉？铭曰：

---

①迍邅（zhūn zhān）：难行不进貌。

嗟乎刘君！宜寿而显。何畜之久，而施之浅？虽或止之，亦或使之。惟其有命，故止于斯。

广西转运使苏君墓志铭

庆历五年，河北都转运使、龙图阁直学士信都①欧阳修，以言事切直，为权贵人所怒，因其孤甥女子有狱，诬以奸利事。天子使三司户部判官、太常博士武功②苏君，与中贵人③杂治。当是时，权贵人连内外诸怨恶修者，为恶言，欲倾修锐甚。天下汹汹④，必修不能自脱。苏君卒白上曰："修无罪，言者诬之耳。"于是权贵人大怒，诬君以不直，绌使为殿中丞泰州监税。然天子遂寤，言者不得意，而修等皆无恙。苏君以此名闻天下。嗟乎！以忠为不忠，而诛不当于有罪，人主之大戒。然古之陷此者相随属，以有左右之谗，而无如苏君之救，是以卒至于败亡而不寤。然则苏君一动，其功于天下，岂小也哉？

---

①信都：汉郡名，今河北冀州西北有信都故城。按欧阳氏之先有居冀州者，故云。　②武功：今陕西武功。　③中贵人：谓王昭明也。　④汹汹：众嗥也。

苏君既出逐，权贵人更用事，凡五年之间，再赦而君六徙，东西南北，水陆奔走辄万里。其心恬然，无有怨悔。遇事强果，未尝少屈。盖孔子所谓刚者，殆苏君乎。

苏君之仁与智，又有足称者。尝通判陕府①，当葛怀敏之败②，边告急，枢密使取道路戍还之卒，再戍仪、渭③。于是延州④还者千人，至陕，闻再戍，大恐，即讙聚谋为变。吏白闭城，城中无一人敢出。君徐以一骑出卒间，谕慰止之，而以便宜还使者。戍卒喜曰："微苏君，吾不得生。"陕人亦曰："微苏君，吾其掠死矣。"有令刺陕西之民以为兵，敢亡者死。既而亡者得，有司治之以死，君辄纵去，而言上曰："令民以死者，为事不集也。事集矣，亡者犹不赦，恐其众相聚而为盗。惟朝廷幸哀怜愚民，使得自反。"天子以君言为然，而三十州之亡者皆不死。其后知坊州⑤，州税赋之无归者，里正代为之输，岁弊大家数十。君悉钩治，使归其主。坊人不忧为里正，自苏君始也。

---

①陕：陕州也。治今河南陕县。府：府州也，治今陕西府谷县。　②葛怀敏之败：葛怀敏，真定人。陕西用兵，葛为泾原路兼招讨经略安抚副使。庆历二年，元昊寇镇戎军。怀敏入保定川砦。敌毁板桥，断其归路。怀敏至长城濠，路已断，敌周围之，遂与诸将皆遇害。　③仪：仪州也，治今甘肃华亭县。渭：渭州，治今甘肃平凉县。　④延州：治今陕西延安。⑤坊州：治今陕西黄陵县。

苏君讳安世，字梦得。其先武功人。后徙蜀。蜀亡，归家于京师。今开封人也。曾大考讳进之，率府副率。大考讳继，殿直。考讳咸熙，赠都官郎中。君以进士起家三十二年。其卒年五十九。为广西转运使，而官止于尚书屯田员外郎者，以君十五年不求磨勘①也。君娶南阳②郭氏，又娶清河③张氏，为清河县君。子四人：台文，永州推官；祥文，太庙斋郎；炳文，试将作监主簿；彦文，未仕。女子五人：适进士会稽④江崧、单州鱼台⑤县尉江山⑥赵扬，三人尚幼。君既卒之三年，嘉祐二年十月庚午，其子葬君扬州之江都东兴宁乡马坊村，而太常博士、知常州军州事临川王某为铭曰：

---

①磨勘：犹考绩也。唐制，郊祀行庆，止进勋阶。五代肆赦，例迁官秩。宋因而变其制，定三年磨勘进秩之法。　②南阳：今河南南阳。　③清河：今河北清河。　④会稽：今浙江绍兴。　⑤单州鱼台：山东鱼台县，旧属济宁道。　⑥江山：今浙江江山市。

皇有四极①，周绥以福。使维苏君，奠我南服。亢亢②苏君，不圆其方，不晦其明，君子之刚。其枉在人，我得吾直。谁怼谁愠，只天之役③。日月有邱，其下冥冥。昭君无穷，安石之铭。

---

①四极，《尔雅》：东至于泰远，西至于邠国，南至于濮鈆，北至于祝栗，谓之四极。　②亢亢：无所卑屈之貌。③只天之役：犹言任天而行也。

胡君墓志铭

王某之治鄞三月，其故人胡舜元，凶服立于门。揖入，问吊故，则丧其父五月。留而馆，意独怪其来之早也。居数月，语吾弟曰："吾释父之殡，跋山浮江，从子之兄于海旁，愿有谒①也久矣，不敢以言。吾亲之生，我学于四方，不得所欲以养。今已不幸卒也，得子之兄，志而铭之，藏之墓中，可以显于今世以传于后，虽吾小人与荣焉，无悔焉。不知子之兄可不可。"吾弟以告。

①谒：请也。

予叹曰："审如是，可以为孝。君子固成人之孝，而吾与之又旧，其何顾而辞？"即取吾所素知者为之志而铭之。

志曰：

君讳某，池之铜陵①人。生于丁丑，兴国②之年也。卒于丁亥，是为庆历七年，子七人。某以十月葬君于谷垂山。胡氏世大家，阖门数百人。君有子舜元，独招里先生教之为士。其卒也，族分而赀衰，舜元为善士。铭曰：

①池之铜陵：安徽铜陵，旧属芜湖道。 ②兴国：即太平兴国，宋太宗年号。

寿七十一，不为不多。吾与之铭，千古不磨。

宝文阁待制常公墓表

右正言、宝文阁待制、特赠右谏议大夫、汝阴①常公，以熙宁十年二月己酉卒，以五月壬申葬。临川王某志其墓曰：

①汝阴：今安徽阜阳市。

公学不期言也，正其行而已；行不期闻也，信①其义而已。所不取也，可使贪者矜焉，而非雕斲以为廉；所不为也，可使弱者立焉，而非矫抗以为勇。官之而不事，召之而不赴，或曰必退者也，终此而已矣。及为今天子所礼，则出而应焉。于是天子悦其至，虚己而问焉，使莅谏职，以观其迪②己也；使董学政，以观其造士也。公所言乎上者无传，然皆知其忠而不阿；所施乎下者无助，然皆见其正而不苟。

《诗》曰："胡不万年！"惜乎既病而归死也！自周道③隐，观学者所取舍，大抵时所好也。违俗而适己，独行而特起，呜呼！公贤远矣！传载公久，莫如以石。石可磨也，亦可泐④也。谓公且朽，不可得也。

①信：同“伸”。　②迪：启也。　③周道：大道也。
④泐（lè）：石因其脉理而裂开。

金溪吴君墓志铭

君和易罕言，外如其中，言未尝极人过失。至论前世善恶，其国家存亡、治乱、成败所繇①，甚可听也。尝所读书甚众，尤好古而学其辞。其辞又能尽其议论。年四十三，四以进士试于有司，而卒困于无所就。其葬也，以皇祐六年某月日，抚州②之金溪县归德乡石廪之原，在其舍南五里。当是时，君母夫人既老，而子世隆世范皆尚幼。三女子，其一卒，其二未嫁云。

---

①繇：同“由”。　　②抚州：治今江西抚州临川区。

呜呼！以君之有，与夫世之贵富而名闻天下者计焉，其独慊①彼耶？然而不得禄以行其意，以祭以养，以遗其子孙以卒，此其士友之所以悲也。夫学者，将以尽其性。尽性而命可知也。知命矣，于君之不得意，其又何悲耶？铭曰：

蕃君名，字彦弼，氏吴其先自姬出②。以儒起家世冕黻，独成之难幽以折。厥铭维甥订君实。

---

①慊（qiàn）：憾，恨。　　②出先自姬出：秦伯始封于吴，其后因以为氏。

曾公夫人万年太君黄氏墓志铭

夫人江宁黄氏，兼侍御史、知永安场①讳某之子，南丰②曾氏赠尚书水部员外郎讳某之妇，赠谏议大夫讳某之妻。凡受县君封者四：萧山、江夏、遂昌、洛阳③。受县太君封者二：会稽、万年④。男子四，女子三。以庆历四年某月日，卒于抚州。寿九十有二。明年某月，葬于南丰之某地。

---

①永安场：据《宋史》惠州河源县有永安锡场。按河源属广东旧潮循道。　②南丰：今江西南丰县。　③萧山：今浙江萧山。江夏：今湖北武汉江夏区。遂昌：今浙江遂昌县。　④万年：今陕西长安县。

夫人十四岁无母，事永安府君至孝，修家事有法。二十三岁归曾氏。不及舅水部府君之养。以事永安之孝，事姑陈留①县君，以治父母之家治夫家。事姑之党，称其所以事姑之礼。事夫与夫之党，若严上然。视子慈，视子之党若子然。每自戒不处白人善否。有问之。曰："顺为正，妇道也。吾勤此而已。处白人善否，靡靡然为聪明，非妇人宜也。"以此为女与妇，其传而至于没，与为女妇时弗差也。

故内外亲无老幼疏近，无智不能，尊者皆爱，辈者皆附，卑者皆慕之。为女妇在其前者，多自叹不及。后来者皆曰可矜法也。其言色在视听，则皆得所欲。其离别，则涕洟不能舍。有疾皆忧。及丧来吊哭，皆哀有余。於戏！夫人之德如是，是宜有铭者。铭曰：

①陈留：今河南开封东南。

女子之德，煦愿愉愉[1]，教隳弗行，妇妾乘夫，趋为亢厉，励之颛愚[2]。猗嗟夫人，惟德之经！媚于族姻，柔色淑声。其究女初，不倾不盈。谁疑不信，来监于铭。

①愉愉：和悦之貌。　②颛愚：愚之至也。

仙居县太君魏氏墓志铭

临川王某曰：俗之坏久矣。自学士大夫，多不能终其节，况女子乎？当是时，仙居县①太君魏氏，抱数岁之孤，专屋而闲居，躬为桑麻以取衣食。穷苦困厄久矣，而无变志。卒就其子以能有家，受封于朝，而为里贤母。呜呼！其可铭也。于其葬，为序而铭焉。序曰：

①仙居县：今浙江仙居县。

魏氏，其先江宁人。太君之曾祖讳某，光禄寺卿。祖讳某，池州①刺史。考讳某，太子谕德，皆江南李氏时也。李氏国除，而谕德易名居中，退居于常州。以太君为贤，而选所嫁，得江阴②沈君讳某，曰："此可以与吾女矣。"于是时，太君年十九，归沈氏。归十年，生两子，而沈君以进士甲科，为广德军判官以卒。太君亲以《诗》《论语》《孝经》教两子。两子就外学，时数岁耳，则已能诵此三经矣。其后子回为进士；子遵为殿中丞，知连州③军州。而太君年六十有四，以终于州之正寝，时皇祐二年六月庚辰也。嘉祐二年十二月庚申，两子葬太君江阴申港④之西怀仁里。于是遵为太常博士，通判建州⑤军州事，而沈君赠官至太常博士。铭曰：

①池州：治今安徽池州。　②江阴：今江苏江阴。　③连州：治今广东连州。　④申港：在江阴西。　⑤建州：治今福建建瓯县。

山朝于跻①，其下维谷。缵我博士，夫人之淑。其淑维何？博士其家：二子翼翼，萼跗其华②；诜诜③诸孙，其实其葩④。孰云其昌？其始萌芽。皇有显报，曰维在后。硕大蕃衍，刲⑤牲以告。视铭考施，夫人之效。

①跻：同“隮”，登也。　②萼跗其华，意本《诗》：“棠棣之华，鄂不韡韡”句。鄂，同“萼”，花瓣外之承瓣者。不，同“跗”，花之子房也。华，光明也。此处喻兄弟竞美也。　③诜诜：众多和集之貌。　④葩：华也。　⑤刲（kuī）：割也。

郑公夫人李氏墓志铭

尚书祠部郎中、赠户部侍郎安陆①郑氏讳纾之夫人、追封汝南郡太君李氏者，尚书驾部郎中、赠卫尉卿文蔚之子也，光州仙居②县令、赠工部员外郎讳岵之孙。以祥符九年嫁，至天圣九年，年三十二，以八月壬辰卒于其夫为安州应城县③主簿之时。后三十七年，为熙宁元年八月庚申，祔于其夫安陆太平乡进贤里之墓。于是夫人两子：獬，为秘书丞，知潭州攸县④，獬，为翰林学士、尚书兵部员外郎，知制诰。一女子，嫁郊社斋郎张蒙山。

---

①安陆：今湖北钟祥。　②光州仙居：河南光山县，旧属汝阳道。　③安州应城县：湖北应城，旧属江汉道。　④潭州攸县：今湖南攸县。

夫人敏于德，详于礼。事皇姑称孝。内谐外附，上下裕如。郑公大姓，尝以其富，主四方之游士，至侍郎则始贫而专于学。夫人又故富家尽其资以助宾祭补纫澣濯，饎爨①朝夕，人有不任其劳苦，夫人欢终日，如未尝贫。故侍郎亦以自安于困约之时，如未尝富。郑氏盖将日显矣。而夫人不及其显禄，呜呼！良可悲也！于其葬，临川人王某为铭曰：

①饎（chì）：炊黍稷。爨（cuàn）：烧火做饭。

于嗟夫人！归孔昭兮！窈其为德，婉有仪兮。命运如何，壮则萎兮。烝烝[1]令子，悲慕思兮。有严葬祔，祭配祗兮。告哀无穷，铭此诗兮。

①烝烝：兴作之貌。

祭范颍州[①]文

呜呼我公，一世之师！由初讫终，名节无疵。明肃之盛[②]，身危志殖[③]。瑶华失位[④]，又随以斥。

---

①范颍州：即范文正公，知青州时，病甚，请颍州，未至而卒。　②明肃之盛：谓宋仁宗初年，庄献明肃刘太后听政，仲淹劝明肃尽母道。明肃死，惟劝仁宗尽子道。　③殖：立也。④瑶华失位：谓宋仁宗郭皇后废，出居瑶华宫，仲淹率谏官御史服阙争，不能得，贬知睦州。

治功亟闻，尹帝之都[①]。闭奸兴良，稚子歌呼。赫赫之家，万首俯趋。独绳其私，以走江湖[②]。

---

①尹帝之都：谓范仲淹知开封府时也。　②独绳其私以走江湖：谓时相吕夷简引用多私，仲淹上百官图，指其若此为序迁，若此为不次，由是忤夷简意，罢知饶州。余靖上书救之，尹洙为讼冤，愿同贬，欧阳修移书责高若讷不谏。三人皆同贬。

士争留公，蹈祸不栗。有危其辞，谒与俱出。风俗之衰，骇正怡邪。蹇蹇我初，人以疑嗟。力行不回，慕者兴起。儒先酋酋①，以节相侈。

①酋酋：雄也。

公之在贬，愈勇为忠。稽前引古，谊不营躬。外更三州①，施有余泽。如酾河江，以灌寻尺。宿赃自解，不以刑加。滑盗涵仁，终老无邪。讲艺弦歌，慕来千里。沟、川、障、泽，田桑有喜。

①三州：谓饶州、润州、越州也。

戎孽猘①狂，敢齮②我疆。铸印刻符，公屏一方。取将于伍，后常名显。收士至佐，维邦之彦。声之所加，虏不敢濒③。以其余威，走敌完邻。昔也始至，疮痍④满道。药之养之，内外完好。既其无为，饮酒笑歌。百城晏眠，吏士委蛇⑤。

①猘（zhì）：狂犬也。　②齮（yǐ）：咬也，谓伤害之也。　③濒：姚姜坞谓“濒”当作“嚬”，姚姬传谓“濒”是虏之不敢近边意。　④疮痍：皮肤因伤而开裂也。　⑤委蛇（yí）：从容自得貌。

上嘉曰材，以副枢密。稽首辞让，至于六七。遂参宰相，釐我典常。扶贤赞杰，乱穴[①]除荒。官更于朝，士变于乡。百治具修，偷堕[②]勉强。

---

①乱穴：姚姜坞云“穴”疑当作“宂”。乱：治也。 ②堕：同“堕”。

彼阏[①]不遂，归侍帝侧。卒屏于外，身屯道塞。谓宜耇老[②]，尚有以为。神乎孰忍，使至于斯！盖公之才，犹不尽试。肆其经纶，功孰与计？

---

①阏（è）：堵塞。 ②耇老：老寿也。

自公之贵，厩库逾空。和其色辞，傲讦以容。化于妇妾，不靡珠玉。翼翼公子，弊绨[①]恶粟。闵死怜穷，惟是之奢。孤女以嫁，男成厥家。

---

①绨：粗厚织物。

孰堙[①]于深？孰锲[②]乎厚？其传其详，以法永久。硕人[③]今亡，邦国之忧。矧鄙不肖，辱公知尤。承凶万里，不往而留。涕哭驰辞，以赞醪羞[④]。

①堙：填也。　　②锲：刻也。　　③硕人：犹言大人物也。　　④醪（láo）羞：酒膳也。

祭欧阳文忠公文

夫事有人力之可致，犹不可期。况乎天理之溟漠，又安可得而推？惟公生有闻于当时，死有传于后世，苟能如此足矣，而亦又何悲？

如公器质之深厚，智识之高远，而辅学术之精微，故充于文章，见于议论，豪健俊伟，怪巧瑰琦。其积于中者，浩如江河之停蓄；其发于外者，烂如日星之光辉。其清音幽韵，凄如飘风急雨之骤至。其雄辞闳辨，快如轻车骏马之奔驰。世之学者，无问乎识与不识，而读其文，则其人可知。

呜呼！自公仕宦四十年，上下往复，感世路之崎岖。虽屯邅困踬①，窜斥流离，而终不可掩者，以其公议之是非。既压复起，遂显于世，果敢之气，刚正之节，至晚而不衰。

---

①踬（zhì）：颠也。

方仁宗皇帝临朝之末年，顾念后事，谓如公者，可寄以社稷之安危。及夫发谋决策，从容指顾，立定大计，谓千载而一时。功名成就，不居而去，其出处进退，又庶乎英魄灵气，不随异物腐散，而长在乎箕山之侧与颍水之湄①。

①箕山：在河南登封东南。颍水：出河南登封西境颍谷。

然天下之无贤不肖，且犹为涕泣而歔戏。而况朝士大夫，平昔游从，又予心之所向慕而瞻依。

呜呼！盛衰兴废之理，自古如此，而临风想望，不能忘情者，念公之不可复见，而其谁与归？

祭丁元珍学士文

我初闭门，屈首书诗。一出涉世，茫无所知。援挈覆护，免于阽①危，雝②培浸灌，使有华滋，微吾元珍，我始弗殖。如何弃我，陨命一昔③？

---

①阽（diàn）：近边欲堕之意。 ②雝：同“雍”。 ③一昔：犹一夜。

以忠出恕，以信行仁，至于白首，困厄穷屯，又从跻之，使以踬死。岂伊人尤？天实为此。有磐①彼石，可志于丘。虽不属我，我其徂②求。请著君德，铭之九幽③，以驰我哀，不在謬羞。

---

①磐：大也。 ②徂：往也。 ③九幽：犹言九原，地下也。

祭王回深甫文

嗟嗟深甫，真弃我而先乎？孰谓深甫之壮以死，而吾可以长年乎？

虽吾昔日，执子之手。归言子之所为，实受命于吾母，曰："如此人乃与为友。"吾母知子，过于予初。终子成德，多吾不如。

呜呼天乎！既丧吾母，又夺吾友。虽不即死，吾何能久！搏胸一恸，心摧志朽。泣涕为文，以荐食酒。嗟嗟深甫，子尚知否？

祭高师雄主簿文

我始寄此，与君往还，于时康定[①]、庆历之间。爱我勤我，急我所难。日月一世，疾于跳丸。南北几时，相见悲欢。

---

①康定：宋仁宗年号。

去岁忧除，追寻陈迹。淮水之上，冶城[①]之侧，握手笑语，有如一昔。屈指数日，待君归舲[②]。安知弥年[③]，乃见哭庭？

---

①冶城：在今江苏南京江宁区北。　②舲：小船有窗者。③弥年：周年也。

维君家行，可谓修饬。如其智能，亦岂多得！垂老一命，终于远域。岂惟故人，所为叹息？抚棺一奠，以告心恻。尚飨。

祭曾博士易占文

呜呼！公以罪废，实以不幸。卒困以夭，亦惟其命。命与才违，人实知之。名之不幸，知者为谁？公之闾里，宗亲党友，知公之名，于实无有。呜呼公初，公志如何！孰云不谐？而厄孔多。

地大天穹①，有时而毁。星日脱败，山倾谷圮②。人居其间，万物一偏。固有穷通，世数之然。至其寿夭，尚何忧喜？要之百年，一蜕③以死。方其生时，窘若囚拘。其死以归，混合空虚。以生易死，死者不祈。惟其不见，生者之悲。

---

①穹：高也，大也。　②圮：毁也。　③蜕：蛇蝉所脱皮，人之脱去此身似之。

公今有子，能隆公后。惟彼生者，可无甚悼。嗟理则然，其情难忘。哭泣驰辞，往侑奠觞。

祭李省副文

呜呼！君谓死者，必先气索而后神零。孰谓君气足以薄云汉兮，神昭晰乎日星，而忽陨背乎，不能保百年之康宁？

惟君别我，往祠太乙[①]，笑言从容，愈于平日。既至即事，升降孔秩[②]。归鞍在途，不返其室。讣闻士夫，还视太息。矧我与君，情何可极！具兹醪羞，以告哀恻。尚飨。

---

①太乙：北辰神名，宋时甚崇祀之，建东太乙、西太乙、中太乙各祠。　②孔秩：犹言甚有秩序也。

祭周几道文

初我见君，皆童而帻①。意气豪悍，崩山决泽。弱冠相视，隐忧困穷。貌则侔年，心颓如翁。俯仰悲欢，超然一世。皓发黧馘②，分当先弊。孰知君子，赴我称孤！发封涕洟，举屋惊呼。

---

①帻（zé）：古代的一种头巾。　②皓发：白发也。黧馘（lí guó）：黄而黑之面也。

行与世乖，惟君缱绻①。吊祸问疾，书犹在眼。序铭于石，以报德音。设辞虽褊，义不愧心。君实爱我，祭其知歆。

---

①缱绻：牢固相着之意。

祭束向原道文

呜呼束君！其信然邪？奚仇友朋，奚怨室家？堂堂去之，我始疑嗟。惟昔见君，田子之自。我欲疾走，哭诸田氏。吾縻①不赴，田疾不知。今乃独哭，谁同我悲？

---

①縻：羁也。

始君求仕，士莫敢匹。洪洪其声，硕硕其实。霜落之林，豪鹰俊鹯①，万鸟避逃，直摩苍天。蹶焉仅仕，后愈以困。洗藏销塞，动辄失分。如羁骏马，以驾柴车，侧身堕首，与蹇②同刍。命又不祥，不能中寿。百不出一，孰知其有？

---

①鹯：鸷鸟，似鹞。　②蹇：驽马也。

能知君者，世孰予多？学则同游，仕则同科。出作扬官，君实其乡。倾心倒肝，迹斥形忘。君于寿①食，我饮鄞水②。岂无此朋？念不去彼。

①寿：今安徽寿县。　②我饮鄞水：安石曾为浙江鄞县令。

既来自东，乃临君丧。闷闷阴宫①，梗野榛荒。东门之行，不几日月，孰云于今，万世之别？嗟屯怨穷，闵命不长。世人皆然，君子则亡。予其何言？君尚有知。具此酒食，以陈我悲。

①闷：幽也，深也。阴宫：墓也。

祭张安国检正文

呜呼！善之不必福，其已久矣，岂今于君，始悼叹其如此！自君丧除，知必顾予。怪久不至，岂其病欤？今也君弟，哭而来赴。天不姑释一士，以为予助，何生之艰，而死之遽①？

---

①遽：速也，疾也。

君始从我，与吾儿①游。言动视听，正而不偷②。乐于饥寒，惟道之谋。既掾③司法，议争谳④失。中书大理⑤，再为君屈。遂升宰属，能挠强倔。辨正狱讼，又常精出。岂君刑名，为独穷深？直谅明清，靡所不任。人恌⑥莫知，乃恻我心。

---

①吾儿：安石子雱，早死。　②偷：苟且也。　③掾：佐贰也。　④谳（yàn）：平议罪狱也。　⑤中书：谓中书省，掌进拟庶务，宣奉命令。大理：谓大理寺，掌折狱、详刑、鞫谳之事。　⑥恌（yáo）：忧惧。

君仁至矣，勇施而忘己。君孝至矣，孺慕以至死。能人所难，可谓君子。

呜呼！吾儿逝矣，君又随之。我留在世，其与几时？酒食之哀，侑以言辞。